Nancy Drew Detective

Titre original
Nancy Drew Girl Detective
#7 *The Stolen Relic*

© 2004 by Simon & Schuster, Inc.
© 2007 Bayard Éditions Jeunesse pour la traduction française,
avec l'autorisation de Aladdin Paperbacks,
an imprint of Simon & Schuster Children's Publishing Division.
ISBN 13 : 978-2-7470-2141-8
Dépôt légal : février 2007
Loi n° 49 956 du 16 juillet 1949
sur les publications destinées à la jeunesse.
Nancy Drew et *Nancy Drew Mystery Stories*
sont des marques déposées de Simon & Schuster, Inc.

Carolyn Keene

Nancy Drew Détective

Disparitions en plein désert

Traduit de l'anglais (États-Unis)
par Anna Buresi

BAYARD JEUNESSE

1. À l'aventure

Pelotonnée sur le canapé, j'étais plongée dans un roman d'aventures pour me remettre tranquillement de ma dernière enquête lorsque je reçus la visite inattendue de mon amie George Fayne. Elle avait une nouvelle excitante à m'annoncer !

À peine avait-elle prononcé quelques phrases que je me levai d'un bond.

– Quoi ? Tu as réservé nos billets d'avion ! m'exclamai-je. Houlà ! Dans quoi nous embarques-tu, George ?

– Dans un truc marrant, répliqua-t-elle, ébouriffant ses courts cheveux bruns. La pub du magazine était vraiment trop tentante !

Regarde, Nancy ! Une semaine à Moab, dans l'Utah, à prix cassés, dans une auberge de jeunesse qui s'appelle le Ranger Rose.

Et elle me flanqua une revue entre les mains. Une superbe photo me sauta aux yeux : de magnifiques falaises ocre et d'étranges formations rocheuses sur fond de ciel d'un bleu intense. Un couple marchait sur un chemin, au milieu de ces vastes étendues. Au-dessus, un titre : « MOAB, UTAH. Le paradis des randonneurs. »

Pince-sans-rire, George me lança :

— L'endroit idéal pour tomber sur un mystère à éclaircir, en prime !

Je ne pus retenir un sourire. George a l'art de m'allécher... Il n'y a rien de tel qu'une énigme à résoudre pour susciter mon excitation. Il faut dire que je suis plutôt célèbre pour mon talent à démêler les mystères qui déroutent la police locale, dans notre ville natale de River Heights. Mais je suis la première à reconnaître que je ne parviendrais jamais à les percer si je n'avais trois associés hors pair : mes deux meilleures amies, d'abord, George et sa cousine Bess Marvin, qui m'assistent dans mes enquêtes ; et puis mon copain, Ned Nickerson. Il m'aide parfois quand il n'est pas occupé par ses études en fac.

– Ça a l'air génial, non ? continua George. Il y a deux parcs nationaux près de Moab, Arches et Canyonlands, avec des super pistes de randonnée et de VTT. On peut aussi faire du rafting sur la Colorado River, monter à cheval… tout, quoi. Il faut y aller, Nancy !

Renvoyant en arrière mes cheveux blond vénitien, je me rappelai l'époque où, au cours moyen, j'avais écrit une rédaction sur les parcs nationaux des États-Unis. J'avais eu la chance d'en visiter plusieurs : Yellowstone, Acadia, Grand Canyon… En revanche, je ne connaissais ni Arches ni Canyonlands. De quoi attiser ma curiosité !

– Alors, tu te décides ? insista George. On a seulement jusqu'à demain pour confirmer la réservation.

Elle adore les sports de plein air, et je n'étais pas surprise que ces vacances lui fassent envie.

– Eh bien…, hésitai-je.

Je me rendais compte qu'il était déraisonnable d'accepter. J'avais promis à papa de l'aider, cette semaine ! C'est un avocat très en vue, et il est souvent stressé par son job. Comme ma mère est morte quand j'avais à peine trois ans, nous sommes particulièrement proches… Alors, j'aime bien lui donner un coup de main dans son travail. Il m'est même arrivé d'enquêter pour ses clients…

– S'il te plaît, Nancy ! implora George, posant sur moi ses grands yeux bruns.

Impossible de résister : je levai le pouce en signe d'accord.

– Génial ! cria George.

Elle lorgna la couverture du bouquin que je lisais – l'action se déroulait pendant la conquête de l'Ouest – et commenta :

– Dis donc, les grands esprits se rencontrent ! Pile ce qu'il faut pour préparer ce voyage !

La pluie crépitait sur le toit de la voiture de location tandis que nous roulions vers Moab après avoir quitté l'aéroport. Le nez contre le pare-brise, je peinais à distinguer la route. J'étais inquiète : une énorme déferlante d'eau boueuse et rougeâtre venait vers nous. Une crue éclair ?

– Du calme, Nancy, m'intima Ned. Garde les yeux braqués sur les feux de la voiture qui nous précède. Et ne va pas trop vite, sinon, c'est l'aquaplaning assuré !

Le courant nous heurta avec violence, et notre voiture se souleva, tel un hors-bord surfant sur la houle.

— Je n'ai plus de prise ! criai-je d'une voix étranglée

Je me cramponnai au volant, espérant de toutes mes forces que nous ne serions pas emportés par le flot.

Défiant les lois de la physique, la voiture continua d'avancer. Tourbillons d'eau rougeâtre. Martèlement de la pluie. Visibilité zéro.

— Si les feux de l'autre voiture disparaissent, ça voudra dire qu'elle a été emportée, lança Bess, affolée.

— Tais-toi, Bess. Tu vas stresser Nancy ! intervint George.

En réalité, mes amies n'auraient pas pu me rendre plus nerveuse que je ne l'étais. Les trombes d'eau qui dévalaient les falaises et s'abattaient sur nous y avaient déjà parfaitement réussi !

Le souffle suspendu, je clignai des yeux, cherchant à apercevoir les feux arrière du véhicule que nous suivions. Nos essuie-glaces chuintaient rythmiquement, balayant l'eau qui ruisselait sur le pare-brise.

— Après une pareille inondation, les rapides de la Colorado River seront impressionnants, déclara George. On devrait en profiter pour faire du rafting !

— George, comment peux-tu penser au sport dans un moment pareil ? gémit Bess. Nous sommes en danger ! Tu n'as donc jamais entendu parler des crues éclair du désert ? Elles balaient tout sur leur passage : bétail, arbres, voitures.

— Du moment qu'elles épargnent ta garde-robe, tu n'as pas de souci à te faire ! rigola sa cousine.

Bess lui décocha un regard assassin, puis se pencha sur la carte routière. Au bout d'un laps de temps qui me parut interminable, je distinguai enfin à travers la pluie l'enseigne au néon d'une auberge mexicaine.

— Hé, vous avez vu ? s'exclama Bess. On dirait qu'on arrive enfin à Moab ! Vive le retour à la civilisation !

On a du mal à croire que Bess et George soient cousines, tellement elles sont différentes. Pour Bess, une « excursion », c'est une razzia chez le dernier styliste à la mode, alors que George est une sportive accomplie. Bess est d'un naturel confiant, tandis que George doute de tout. Bess est blonde et petite ; George, elle, est brune et grande... Et la liste de leurs différences ne s'arrête pas là ! Mais ce qui est génial, c'est que mes deux amies se tiennent les coudes malgré leurs tempéraments opposés.

Vous vous demandez peut-être comment George et moi avions réussi à entraîner Bess et Ned dans notre équipée. Eh bien, j'ignore ce que George avait raconté à sa cousine. Elle lui avait peut-être vanté la ribambelle de beaux gosses qu'elle ne manquerait pas de rencontrer à Moab – randonneurs, amateurs de canoë-kayak, rangers… Toujours est-il que cela avait marché : Bess était très excitée par ce voyage. Quant à Ned, il avait acheté des chaussures de marche le jour même où je lui avais fait part de nos projets. J'en avais conclu qu'il voulait venir aussi ! En fait, je l'aurais invité sur-le-champ si je n'avais pas été persuadée qu'il lui restait des examens à passer. J'avais oublié qu'il avait fini depuis trois jours… J'étais ravie qu'il nous accompagne. Quand il est là, il est toujours plus facile d'affronter le danger.

Le conducteur qui nous précédait tourna au premier carrefour, mais ça m'était égal, à présent, de me séparer de notre « compagnon » de voyage. La civilisation avait ressurgi autour de nous sous forme de stations-service, fast-foods et motels hideux.

Ils cédèrent bientôt la place à de petits restaurants, des boutiques et des magasins de location de vélos.

– Le Ranger Rose est dans la rue principale,

nous signala Bess, consultant la carte. À un ou deux pâtés de mai... Ça y est, le voilà !

Elle désignait une construction de couleur crème en adobe, dont l'entrée était ornée d'une rose peinte. Une enseigne rouge fixée au mur indiquait en lettres cursives : « THE RANGER ROSE ». Sur la gauche, il y avait un parking.

Dix minutes plus tard, nous étions dans la réception, flanqués de nos bagages et trempés comme des soupes. L'auberge de jeunesse n'avait rien de luxueux, mais elle était propre et confortable. Elle accueillait trois personnes par chambre. Les salles de bains étaient dans le couloir.

On y voyait entrer et sortir des jeunes au visage hâlé et d'allure sportive, en coupe-vent, indifférents aux intempéries. De toute évidence, cet endroit était fait pour George ! Quant à Bess...

— Il pleut toujours comme ça, à Moab ? demanda-t-elle justement à la réceptionniste, une jeune femme bronzée dont le T-shirt arborait l'inscription : « ACCRO DE RANDO ».

— Non, c'est rare, répondit celle-ci. Ne vous inquiétez pas, le soleil ne tardera pas à reparaître. Mais la pluie aura grossi la Colorado River. Croyez-moi, ça va tanguer !

Le visage de George s'illumina :

— Où peut-on réserver pour faire du rafting ?

— George ! gémit Bess. On a failli mourir noyés ! On ne pourrait pas se détendre un peu ?

— Je vous recommande une excursion à Arches, pour commencer, glissa la réceptionniste. C'est une initiation fabuleuse à la découverte du désert d'altitude.

— Le désert d'altitude ? répéta Ned d'un ton interrogateur, chassant une mèche brune qui avait glissé sur son front – un geste familier que j'ai toujours trouvé adorable.

— Le désert de l'Utah est situé à une altitude plutôt élevée, expliqua-t-elle. Il n'est pas aussi torride que ceux qui se trouvent à plus basse altitude, comme la Vallée de la Mort, en Californie. Et puis il y a des montagnes couvertes de pins aux environs. On peut y faire de la randonnée à cheval.

— Génial, commentai-je. Mais, d'abord, on s'installe. Après un aussi long voyage, j'ai besoin d'une bonne douche !

Une heure plus tard, Bess et moi attendions Ned et George dans la réception ornée de tapis mexicains et encombrée de chaises dépareillées. Je portais un jean et un débardeur noir, avec un collier de perles vertes et roses. Bess avait passé une robe bain de soleil turquoise. Un grand jeune homme brun et beau d'une vingtaine d'années entra et enveloppa mon amie d'un regard admiratif. Je révisai aussitôt mon jugement : le Ranger Rose était peut-être bien un endroit pour Bess, après tout !

— Je m'appelle Nick. Nick Fernandez, lança-t-il en se carrant sur la chaise la plus proche. Vous êtes nouvelles, les filles ?

Bess fit les présentations, et dit qu'elle avait hâte de pratiquer toutes les activités de plein air qu'offrait la région. Nick s'anima :

— On pourrait peut-être en profiter ensemble, alors ! Surtout si tu fais du VTT, Bess. J'adore ça !

Ned et George déboulèrent dans le hall, les cheveux encore humides après la douche.

— Tu as vu, Nancy ? fit Ned. Le ciel commence déjà à se dégager.

Je lui répondis par un sourire. Bientôt, nous discutions tous d'une épreuve de VTT à laquelle Nick avait récemment participé.

— J'ai terminé troisième, nous précisa-t-il. Je dois faire mieux la prochaine fois.

— Ne sois pas trop exigeant avec toi-même, protesta Bess. Troisième, c'est drôlement bien !

Nick n'eut pas le temps de réagir, car une

jeune fille d'humeur joyeuse, avec des cheveux bruns coupés au carré, fit son entrée, suivie d'une femme d'âge mûr aux longs cheveux gris. Nick nous les présenta : elles s'appelaient Priscilla et Margaret Powell.

– Nous sommes au Ranger Rose depuis deux jours, maman et moi, nous apprit Priscilla. C'est minuscule, ici, alors, tous les clients finissent par se connaître. Appelez-moi Missy.

Elle avait un nez en trompette parsemé de taches de rousseur, et une allure très BCBG, avec ses cheveux maintenus par un serre-tête en écaille et son jodhpur soigneusement repassé. Margaret avait un tout autre style : jean à empiècements colorés et pendants d'oreilles cliquetants. Son langage était émaillé d'expressions des *sixties*.

– Nous, on vient d'arriver, lui dis-je alors que nous échangions une poignée de main.

– Sensass ! s'exclama-t-elle avec un sourire. Ravie de vous connaître. J'espère que vous aimez comme nous les trous perdus du genre de Moab !

– Parle pour toi, maman ! répliqua Missy.

Margaret ne releva pas l'insolence de sa fille.

– Il y a des années, continua-t-elle, j'ai

traîné dans une communauté pas loin d'ici, dans les montagnes. On vivait en harmonie totale avec la nature.

Me prenant en aparté, elle me confia :

— J'ai divorcé du père de Missy. Elle vit avec lui et sa nouvelle femme à Southampton, tout près de New York, dans une espèce de manoir aussi pompeux que Buckingham Palace. Il y a des années qu'on ne s'était pas vues. Je ne crois pas que Missy approuve mon style de vie.

Margaret m'avait l'air d'être un drôle de numéro… Pourquoi racontait-elle des choses aussi personnelles à une parfaite étrangère ?

— Ah bon ? fis-je poliment.

— Je mène une vie très simple dans une ferme du Vermont, poursuivit-elle. J'entretiens un potager et j'élève des chèvres pour fabriquer du fromage bio. Ce n'est vraiment pas la tasse de thé de Missy ! Dès son entrée en fac, nos chemins se sont séparés.

— Elle a quand même accepté de vous accompagner à Moab, observai-je.

— C'est moi qui ai insisté, précisa Margaret. J'ai placé de l'argent sur un compte bloqué pour elle, qu'elle touchera à ses vingt et un ans. Mais il n'est pas question que je le lui laisse si nos relations ne s'améliorent pas. Il y a tout de même des règles à respecter !

– Qu'est-ce que tu inventes encore, m'an? lança Missy en s'approchant de nous. Tu fais croire à Nancy que tu m'as traînée ici contre ma volonté?

Je la dévisageai avec étonnement. Pourquoi narguait-elle sa mère?

– Si je t'ai amenée, c'est pour restaurer une entente entre nous, dit Margaret, l'air blessé. Il y a plein de vibrations positives dans le désert.

– Franchement, maman, tu devrais arrêter de divaguer! s'échauffa Missy. Bon, on va déjeuner? J'ai repéré un restaurant français dans Main Street.

Tandis qu'elles se dirigeaient vers la sortie, j'entendis Margaret lancer à sa fille:

– Il est bio?

Je les suivis du regard, ébahie. J'en ai vu, des excentriques, mais ces deux-là remportaient le pompon! « Est-ce qu'elles se chamaillent toujours comme ça? » me demandai-je.

Nick adressa un regard timide à Bess et proposa:

– Il y a un snack juste à côté, et ils ont des burgers délicieux. Ça vous tente?

– Et comment! approuva Bess, toute joyeuse. Je n'étais pas emballée en arrivant, mais finalement c'est génial, ici.

« Super! » pensai-je, ravie. Le plus important pour moi, c'est que mes amies soient heureuses.

Nous revînmes tous presque à la même heure. Alors que nous prenions du thé dans le salon de l'auberge, George lança à Margaret et à Missy :
— Ça devrait être plus long de dîner à la française, que d'avaler des burgers, non ?
— Pas quand on se contente d'une salade, répondit Margaret. Je suis végétarienne. Et Missy n'avait plus très faim.
— Ah ? fis-je, intriguée. On peut savoir pourquoi ?
— Tu n'as qu'à le lui demander, lâcha Margaret en haussant les épaules.
Missy posa brutalement son gobelet de thé et jeta un regard noir à sa mère.
— Tu fais semblant d'être cool mais, en réalité, tu veux tout régenter ! hurla-t-elle. Tu veux me contrôler avec ton sale argent. Je n'en ai pas besoin, figure-toi ! Papa me donne ce que je veux !
— Missy, je t'en prie ! Ce n'est pas le moment de faire une scène, nous ne sommes pas seules, dit Margaret.

Serrant les poings, Missy s'écria :
— Espèce d'hypocrite ! Tu n'arrêtes pas de me seriner que je dois exprimer mes sentiments ; eh bien, voilà : j'en ai marre de ce trou ! Je rentre chez papa dès ce soir !

2. Coup de chaleur

Missy sortit du salon en trombe et grimpa bruyamment l'escalier. Je jetai un coup d'œil à Margaret, qui haussa les épaules :
– Que voulez-vous que je dise ? C'est un Bélier ! Toujours bille en tête !
Elle examina les sachets de thé disposés dans une boîte, près de la bouilloire.
– Ah, s'écria-t-elle, je connais ce mélange ! Il est souverain pour chasser la mauvaise humeur.
Alors qu'elle laissait infuser le thé, Missy redescendit d'un pas lourd, chargée d'une valise. Elle lança avec raideur depuis le seuil :
– Salut ! Je m'en vais ! La réceptionniste m'appelle un taxi.

— Prends ça, mon bébé, dit Margaret en lui tendant un gobelet de thé chaud. C'est mon cadeau d'adieu.

Missy, leva les yeux au ciel :

— N'importe quoi !

Je m'attendais à une nouvelle confrontation, et je voyais déjà Missy balancer son thé par terre. Or, à ma grande surprise, elle prit le mug, le renifla d'un air soupçonneux, puis se mit à boire. J'échangeai un regard entendu avec Ned : le comportement de Missy était vraiment *bizarre* !

Un instant plus tard, nous buvions tous le thé de Margaret au salon. Mais, en dépit de sa prédiction, l'ambiance n'était pas revenue au beau fixe. Personne n'avait la pêche, et surtout pas Missy. Cependant, quand la réceptionniste vint annoncer son taxi, elle lui déclara :

— Merci, je n'en ai pas besoin, finalement. Maman a gagné. Je reste.

Depuis mon arrivée à Moab, j'étais à l'affût d'un mystère à démêler. Or le seul que j'avais déniché jusqu'ici était celui-ci : comment Margaret et Missy allaient-elles réussir à se supporter une semaine durant sans devenir folles ?

Un soleil éclatant inonda la chambre que je partageais avec mes amies.

— Dis donc, George, tu as besoin de nous aveugler comme ça ? maugréa Bess en battant des paupières. Tire ces rideaux !

— Il est neuf heures du mat', annonça sa cousine, déjà en short et en chaussures de marche. Il faut bien que je vous secoue ! Vous étiez parties pour roupiller jusqu'à midi.

— Et alors ? grommela Bess d'une voix ensommeillée.

George continua :

— Ned aussi est levé. On a déjà pris notre petit déjeuner, et on aimerait bien partir en excursion. Arches n'est qu'à dix minutes en voiture, heureusement.

— Eh bien, on y va ! dis-je en sautant à bas du lit, pressée de rejoindre Ned, comme toujours.

Je tirai de ma valise un short de randonnée kaki, un débardeur blanc et une casquette de baseball. Ensuite, je fourrai dans mon sac à dos deux bouteilles d'eau, un tube d'écran solaire, des lunettes noires et une carte de la région.

Un quart d'heure plus tard, douchées et habillées, Bess et moi rejoignions Ned et George en voiture après avoir avalé des gaufres à la fraise. Nous avions chacun une bonne provision d'eau ! la réceptionniste nous avait mis en garde contre la chaleur du désert.

C'était au tour de Ned de prendre le volant. Tandis que nous descendions Main Street, je regardai de côté et d'autre pour me faire une idée de Moab au grand jour. Petites librairies, restaurants sympas, boutiques de vélos et d'équipements de sport s'alignaient le long des trottoirs. On voyait aller et venir des ados en tenue de loisir à la dernière mode. Certains poussaient une bicyclette. Le décor évoquait une ville balnéaire – avec des randonneurs à la place des surfeurs.

– Tu n'as pas exagéré, George, commenta Bess, qui, depuis le siège arrière, examinait comme moi les passants. Il y a plein de beaux gosses, ici.

– Et l'un d'eux a déjà flashé sur toi, observa George, souriant jusqu'aux oreilles.

– J'espérais voir Nick au petit déj', dit Bess. C'est vraiment pas de chance…

« Typique ! » pensai-je en échangeant un regard complice avec George. Bess était « en chasse », comme d'habitude. Elle ne pouvait pas se passer de conquêtes masculines, ma parole !

Bientôt, Ned s'engagea dans le parc national d'Arches. Nous continuâmes à rouler après avoir payé notre droit d'entrée, guettant la piste d'accès au site de Delicate Arch, dont notre guide recommandait vivement la visite.

La route nous mena jusqu'au flanc d'une falaise, puis serpenta à travers un plateau où s'étendaient à perte de vue d'époustouflantes formations rocheuses. Je savais que l'Utah était splendide, mais je ne m'étais pas attendue à ce panorama étourdissant qui s'étirait sur des kilomètres et des kilomètres vers des sommets enneigés. Le paysage déclinait toutes les nuances de rouge : falaises écarlates, arches couleur de rouille et flèches magenta se dressaient de toutes parts, telles de mystérieuses créatures de pierre venues d'ailleurs. Au-dessus de nous, l'immense ciel bleu avait l'air d'un océan renversé.

À court de mots pour exprimer mes sensations, je murmurai :

— C'est sublime !

Ned se gara sur une étroite place de parking, près de l'amorce d'une piste.

— C'est bien celle qui mène à Delicate Arch, annonça-t-il. Ils disent dans le guide que son niveau de difficulté est assez élevé. Mais je parie que c'est à notre portée. Vous avez une provision d'eau suffisante, les filles ? Et des crèmes solaires ? C'est super important, dans le désert.

Bess tapota sa gourde d'un air assuré.

– Je suis prête ! affirma-t-elle.

Elle contempla le paysage extraordinaire qui nous environnait et s'exclama :

– Ouaou ! Quel spectacle ! Je me demande comment ces rochers incroyables se sont formés...

– C'est l'effet de l'érosion, énonça quelqu'un à notre droite.

Je me retournai et découvris une jolie jeune femme, souriante, en uniforme brun de ranger, avec un appareil photo autour du cou. Ses longs cheveux noirs étaient nattés, et les verres de ses lunettes de soleil reflétaient nos silhouettes.

– Vous voulez dire que toutes ces formes ont été sculptées par la pluie et le vent ? s'étonna Ned.

– Oui. L'histoire géologique de cette région est fascinante. Il y a des millions d'années, elle se situait sous la mer. Une partie de ces strates rocheuses est constituée d'anciens sédiments.

– C'est inouï ! s'exclama George.

– Le Sud-Ouest américain est connu pour être le foyer de la tribu préhistorique des Anasazis, dont la civilisation a connu son apogée au XIe et au XIIIe siècle. Mais les Anasazis sont jeunes par comparaison avec ces rocs ! dit la jeune femme.

Elle s'interrompit pour se présenter :

– Je m'appelle Sasha Starflower. Je suis ranger dans ce parc national, et guide de randonnée.

– Sasha Starflower ? Quel joli nom ! m'écriai-je en lui serrant la main.

Sasha eut un petit rire :

– Merci ! C'est ce que tout le monde me dit ! Ma mère est anglaise, et elle a toujours aimé ce prénom. Mon père est un Indien navajo. Starflower est son nom de famille. Ce mot désigne une fleur qu'on appelle aussi la « dame de onze heures ».

– Nous avons des noms moins poétiques que le tien, commenta Bess tandis que nous nous présentions à notre tour.

– Les noms indiens sont souvent très imagés, dit Sasha. Un de mes amis, qui possède une boutique d'antiquités à Moab, s'appelle Andy Littlewolf – Andy Petit Loup. J'adore ce nom ! Il est navajo, lui aussi.

– Il y a beaucoup de Navajos par ici ? voulut savoir George.

– Notre réserve se trouve au sud de Moab. Elle se situe en Arizona, mais une partie déborde sur l'Utah. C'est là que j'ai grandi, à Monument Valley. Mes parents y vivent toujours, d'ailleurs. La réserve navajo est la plus vaste du pays.

— Si c'est à ça qu'elle ressemble, elle est superbe, dis-je.

— Les paysages du Sud-Ouest sont merveilleux et uniques en leur genre. Je suis contente que vous puissiez les visiter. Venez, je vais vous montrer quelques pétroglyphes. Je suis en train de les photographier.

— Des *pétro* quoi ? fit George.

— Des gravures sur pierre, laissées pour la plupart par les Anasazis il y a des siècles, expliqua Sasha.

Elle s'engagea sur le chemin, et nous grimpâmes à sa suite.

— Sur cette piste, qui mène à Delicate Arch, on trouve des représentations de moutons et de chevaux, nous dit-elle. Comme vous le savez, il n'y avait pas de chevaux dans le Nouveau Monde avant que les Espagnols ne les y amènent. Ces gravures sont donc postérieures à la culture des Anasazis, mais ils sont sans doute les inspirateurs de cette technique.

J'avalai une gorgée d'eau, puis emboîtai le pas à Sasha et à Ned, qui ouvraient la marche. Au bout de quelques minutes, nous atteignîmes une petite falaise ; des images de chevaux, de moutons et d'êtres humains couvraient ses parois. L'ensemble paraissait figurer une scène de chasse.

— Il faudra que je vous montre de véritables pétroglyphes anasazis un de ces jours, reprit Sasha. Ils sont très anciens ; ils remontent à l'époque des croisades en Europe.

— Que sont devenus les Anasazis après l'an 1300 ? m'enquis-je.

— Ah, voilà la grande question ! s'exclama Sasha. Personne ne connaît la véritable réponse. Les archéologues cherchent des indices depuis des années et des années. Figurez-vous qu'un beau jour les Anasazis ont tout simplement emporté leurs biens et disparu. Cependant, ils ont laissé beaucoup de choses derrière eux, comme s'ils comptaient revenir rapidement.

George me décocha un coup de coude.

— Un mystère pour toi ! me souffla-t-elle.

Je reconnais que j'étais très intriguée. Mais comment résoudre une énigme dont les témoins et les acteurs avaient disparu depuis sept siècles ?

— C'est peut-être une tribu rivale qui les a chassés, suggérai-je. Les Navajos, par exemple ?

Sasha secoua la tête :

— Non, les Navajos ont migré dans cette contrée bien après la disparition des Anasazis. En fait, notre installation ici est récente. Nous sommes venus du Nord à peu près à l'époque de Christophe Colomb.

Tout en parlant, elle avait levé la main, et sa bague scintilla au soleil.

— Ce bijou est ravissant ! s'exclama Bess, désignant l'anneau en argent orné d'une grande turquoise ovale.

— Merci, dit Sasha, qui ôta ses lunettes de soleil pour le contempler. C'est de l'artisanat navajo. Notre tribu est réputée pour son orfèvrerie, ainsi que pour ses tapis et ses paniers, entre autres. Mon père m'a offert cette bague il y a quelques mois, pour mes vingt ans.

Je m'essuyai le front : le soleil était maintenant haut dans le ciel, et j'avais la sensation d'être dans un four.

— Merci pour toutes ces passionnantes informations, Sasha ! lançai-je. On devrait se remettre en route avant de rôtir sur place. J'espère qu'on se reverra...

— Moi aussi, répondit-elle avec un sourire en posant sur moi ses beaux yeux bruns. Si vous avez besoin d'un guide pour explorer les pistes les plus reculées, n'hésitez pas à faire appel à moi. Je connais la région comme ma poche.

Nous continuâmes à grimper sous le soleil brûlant. J'étalai de l'écran solaire sur mon visage et mes mains, et chacun de nous avala une ration d'eau. Quelle épouvantable canicule !

Bientôt, nous traversâmes une immense étendue rocheuse qui avait la texture de la surface lunaire et que balisaient de petits tas de cailloux. Il n'y avait pas une âme en vue.

– Cet endroit me donne la chair de poule, lâcha Bess, scrutant l'horizon. Où sont les autres randonneurs ?

– Pas dans ce secteur, heureusement ! dit George. On se croirait les maîtres du monde ! C'est génial !

– Parle pour toi ! lui rétorqua sa cousine. Si on s'égarait dans un coin pareil, personne ne nous retrouverait.

– Je parie que Sasha le pourrait, observai-je. Elle a l'air très rodée à la piste.

– Delicate Arch se trouve après ce tournant, annonça Ned, avançant sur une étroite saillie qui enjambait une crevasse vertigineuse.

Quelques instants plus tard, Delicate Arch s'élevait devant nous. Nous marchâmes jusque-là, fascinés par cette vision malgré la chaleur et la fatigue. Le spectacle était magique. L'arche, de couleur rouille, était imposante et gracieuse en même temps. Plus large à la base qu'au sommet, elle semblait prête à s'écrouler au moindre souffle.

— L'œuvre du vent et de la pluie…, dit Ned, songeur. C'est incroyable !

J'avais lu dans notre guide que Delicate Arch était une sorte de lieu de pèlerinage spirituel pour certaines personnes ; je ne fus donc pas surprise de trouver Margaret Powell assise en tailleur sous cet étonnant monument sculpté par la nature. Missy était affalée à côté d'elle. Elle avait l'air de s'ennuyer ferme.

— Salut ! lança Margaret en nous apercevant. Venez vous asseoir !

— Non, merci, répondit Bess. J'étouffe, et il n'y a pratiquement pas d'ombre, ici. Il faut que je reparte tout de suite.

— Nous aussi ! enchaînai-je en jetant un regard éloquent à Ned et à George.

Bess est très endurante, parfois trop ! Alors, sa réaction m'inquiétait. Je me hâtai d'ajouter pour enfoncer le clou :

— Il est bientôt midi, et je n'ai presque plus d'eau. Salut, Missy ! Salut, Margaret ! À tout à l'heure, au Ranger Rose !

— Allons-y, nous intima Bess, se réengageant aussitôt sur la piste.

Dix minutes plus tard, nous étions de nouveau sur la surface rocheuse, guettant les repères pour ne pas perdre notre chemin. Le soleil tapait dur ; malgré ma casquette, j'étais accablée par la canicule. Pour un peu, on se serait cru sur la planète Mars !

— J'ai la tête qui tourne, dit soudain Bess.

Je la regardai. Son teint clair s'était empourpré, et des coulées de sueur dégoulinaient le long de ses tempes. Je m'approchai d'elle, dévissai sa gourde et approchai le goulot de ses lèvres :

— Tiens, bois.

Elle avala goulûment quelques gorgées.

— Il faut trouver un peu d'ombre, déclara Ned.

— Oui, mais où ? fit George, scrutant le plateau nu.

— Je ne crois pas que je pourrai continuer, murmura Bess, qui vacilla sur ses jambes.

Ned s'avança en proposant :

— Je vais te porter.

Il n'eut pas le temps d'aller au bout de son geste ; lâchant sa gourde, Bess s'effondra sur le sol, évanouie.

3. Colère suspecte

– Attention ! L'eau ! s'écria George en s'agenouillant près de sa cousine.

Ned fit un plongeon pour saisir la gourde de Bess, dont le contenu se déversait à terre, tandis que je scrutais les environs, en quête d'une aide potentielle. Quelques randonneurs venaient dans notre direction, mais, de là où nous étions, ils ne paraissaient pas plus grands que des fourmis. Je hurlai pourtant :

– Au secours !

J'aurais bien voulu pouvoir m'envoler jusqu'à eux !

– Qu'est-ce qui ne va pas, Nancy ? cria une voix, à ma droite.

Je me détournai vivement. Sasha se tenait au pied d'un amas de grands rochers non loin de là. « Ouf ! » pensai-je en m'élançant vers elle.

— J'examinais des pétroglyphes quand je t'ai entendue, dit-elle alors que j'arrivais. Que se passe-t-il ?

— Bess s'est évanouie ! Je crains qu'elle ne soit déshydratée. Je ne comprends vraiment pas pourquoi, elle venait juste de se désaltérer.

— A-t-elle avalé quelque chose ? Des cacahuètes, des biscuits salés ?

— Elle n'a rien mangé depuis le petit déjeuner.

— Alors, elle souffre sûrement de déshydratation ! déclara Sasha. Voyons vite.

Nous rejoignîmes mes amis en toute hâte. Sur place, Sasha tira de son sac à dos une bouteille de liquide. Elle redressa Bess, lui entrouvrit les lèvres, et lui en fit avaler plusieurs gorgées.

Réunis autour d'elles, Ned, George et moi guettions avec angoisse les réactions de Bess. Alors que je commençais à perdre espoir, elle battit des paupières, et ses beaux yeux turquoise se rouvrirent. Elle promena autour d'elle un regard vide ; puis, à notre grand désarroi, referma les yeux.

— Bess, tiens bon ! lui dis-je en serrant sa

main entre les miennes. Sasha est là ! Tu dois boire, tu es déshydratée.

Bess émit un gémissement et ouvrit de nouveau les paupières.

– C'est bien, murmura Sasha, versant un peu de liquide dans sa bouche. Tu devrais pouvoir croquer quelque chose, à présent.

Elle sortit de son sac un mélange de graines salées, et les fit manger à Bess, peu à peu. Ensuite, elle lui donna encore de l'eau, puis lui aspergea le visage. Mon amie se redressa tout à coup, écarquillant les yeux d'un air surpris.

– Parfait ! commenta Sasha. Et maintenant, trouvons un coin d'ombre.

L'après-midi était bien entamé, et les falaises projetaient de nouveau des ombres. Nous déposâmes Bess au pied d'une paroi rocheuse.

– Qu'est-ce que tu lui as fait boire ? demandai-je à Sasha. On aurait dit une potion magique !

Sasha répondit en souriant :

– J'ajoute à mon eau un mélange de sel, de sucre et de sels minéraux. À elle seule, l'eau ne suffit pas à lutter contre la déshydratation. L'organisme a besoin de sel pour la retenir.

L'attitude de Sasha m'impressionna. Elle était drôlement calme, malgré l'urgence. Et elle avait de sacrées ressources de survie ! Elle nous expliqua comment affronter les situations difficiles, telles que de se perdre pendant une excursion et se retrouver en manque d'eau et de provisions. Il existait, nous dit-elle, des plantes et des insectes comestibles qui permettent de s'hydrater et de se nourrir. Elle nous donna aussi des astuces pour retrouver notre chemin si nous nous égarions.

– Le désert, c'est impitoyable ! conclut-elle d'un ton solennel. Les écarts de température y sont extrêmes, et on ne trouve pratiquement pas d'ombre. Il faut être prévoyant quand on s'y aventure, même pour une aussi petite excursion. Delicate Arch n'est qu'à deux kilomètres de Moab.

– Ce n'est vraiment pas très loin, glissa Ned.

– Deux kilomètres ne sont rien du tout quand on traverse une forêt de pins, ombragée et bien fraîche. Dans le désert torride, ça peut s'avérer une vraie gageure. Mon père s'est égaré à Monument Valley, une fois. Il a dû avaler des insectes juteux pour récupérer des forces et se réhydrater !

– Beurk ! fit Bess.

Je souris : manifestement, elle se sentait beaucoup mieux ! En effet, elle ne tarda pas à se mettre debout, en vacillant un peu, et nous lui prêtâmes main forte à tour de rôle sur le chemin du retour jusqu'à la voiture.

– Où êtes-vous descendus, à Moab ? demanda Sasha tout en aidant Ned à soutenir Bess.

– Dans une auberge de jeunesse, lui dis-je, le Ranger Rose.

Je vis passer une ombre sur son visage. Elle entrouvrit la bouche comme pour parler, puis parut se raviser. Quelqu'un de moins observateur que moi n'aurait sans doute pas remarqué sa réaction. Mais ce n'est pas pour rien que je suis détective !

Ce ne fut qu'un trouble passager, et elle lança avec désinvolture en se contraignant à sourire :

– Ça alors, quelle coïncidence ! Vous ne connaîtriez pas Margaret et Missy Powell, par hasard ? Elles y séjournent, elles aussi… Je les emmène en excursion à Canyonlands, cet après-midi.

Je l'observai à la dérobée. Son expression ne me révéla rien, d'autant que ses yeux étaient dissimulés par des lunettes de soleil. Pourtant, j'aurais juré qu'il existait une relation particulière entre elle et le Ranger Rose…

George murmura :

– Le parc de Canyonlands… Il paraît qu'il

est superbe. Encore plus extraordinaire que celui d'Arches.

— Il est plus vaste, mais pas forcément plus beau, dit Sasha. À Arches, il y a un grand nombre de formations rocheuses exceptionnelles, et d'arches, justement. Et aussi des pistes et des panoramas fantastiques. Canyonlands s'étire du nord de Moab jusque loin vers le sud. C'est immense. On peut rouler sans difficulté jusqu'à l'entrée du canyon ; mais pour s'y engager il faut être accompagné d'un guide. Les défilés sont un vrai dédale, et il y a de nombreux endroits reculés et inaccessibles, même pour un guide aguerri. C'est un secteur sauvage, très dangereux pour des gens inexpérimentés. Alors, ne vous y aventurez pas seuls, surtout ! conclut-elle en agitant le doigt dans notre direction.

Ayant rejoint notre voiture, nous remerciâmes Sasha pour son aide, puis nous repartîmes vers Moab.

— Il est midi passé ! soupira Bess. J'ai une de ces faims… Si on s'arrêtait chez le glacier du bas de la rue ? Après, on mangera un sandwich.

Je me mis à rire. Bess a un faible pour les sucreries, d'où sa silhouette pulpeuse. Nous avions tous envie de lui faire plaisir, bien sûr. Alors, nous suivîmes sa suggestion, et je n'aurai pas le culot de prétendre que c'était un grand sacrifice de notre part...

Comme nous voulions être sûrs que Bess était remise, nous décidâmes de flemmarder au Ranger Rose, cet après-midi-là. À l'abri des peupliers de Virginie qui ombrageaient la cour, près la piscine miroitante, nous paressâmes tranquillement, sans autre activité que de nous tartiner de crème solaire. Après notre périlleux trajet depuis l'aéroport, la veille, et la récente mésaventure de Bess, il était bon de se détendre !

Tandis que Ned et George faisaient des longueurs dans l'eau, mon amie émit un soupir de satisfaction.

– Ça, oui, c'est la vraie vie ! La seule chose qui m'étonne, c'est que tu n'aies pas encore déniché un mystère à résoudre, Nancy... Pourtant, il y a presque *vingt-quatre heures* qu'on est à Moab ! me taquina-t-elle. Tu crois qu'on va passer ces vacances à se la couler douce ?

Allongée sur mon transat, je souris jusqu'aux oreilles : j'étais bien à l'affût d'un mystère ! Mais il n'était pas question que je l'admette, au risque de bouleverser Bess.

– Dis plutôt qu'aucun mystère ne m'est encore tombé dessus ! répliquai-je. Et je suis ravie de flemmarder, figure-toi ! Pas de danger, pas de tracas...

— Pas de plaisir non plus ! enchaîna-t-elle d'un ton narquois. Je te connais, va ! Si tu n'as rien à te mettre sous la dent d'ici demain, tu t'ennuieras comme un rat mort !

— Qu'est-ce qu'on parie ? fis-je, renversant la tête en arrière pour mieux jouir du soleil.

Ce soir-là, nous dînâmes tous les quatre à la « Tortilla qui rit », un restaurant mexicain tout proche. Alors que nous attendions qu'une table se libère, Bess lança, en désignant le comptoir de vente à emporter :

— Hé, ce n'est pas Nick, là-bas ?

Un grand garçon mince et brun était accoudé au bar, nous tournant le dos. Il portait un short de cycliste et un T-shirt maculé de poussière rouge. Il pivota légèrement, et je reconnus en effet Nick. Dans une si petite ville, il ne risquait guère d'y avoir un autre garçon aussi beau que lui ! Ned excepté, bien sûr.

— Salut, Nick ! lança chaleureusement mon copain alors que nous parvenions près de lui. Tu as plein de poussière sur ton T-shirt, dis donc ! Attends, je vais l'épousseter.

– Fiche-moi la paix ! cria Nick en faisant brusquement volte-face. Je n'ai aucun besoin de tes services. J'ai fait une chute à vélo, c'est tout !

4. Disparition

Ébahi, Ned eut un mouvement de recul. Je posai ma main sur son épaule pour le réconforter. Bess, George et moi n'étions pas moins surprises. Cette agression verbale était plus qu'inattendue de la part d'un garçon aussi amical que Nick! Bess, qui est d'un naturel indulgent, lui dit pourtant avec un grand sourire :

– Qu'est-ce qui te prend? Ned voulait seulement t'aider! Une chute, ça arrive aux meilleurs, et je suis sûre que tu es un très bon cycliste. Au fait, j'aimerais que tu m'apprennes à faire du VTT.

Nick se radoucit, et parut même honteux de

son éclat. Il fallut, hélas, que je mette mon grain de sel !

— Si tu l'emmènes sur la piste, arrange-toi pour qu'il y ait de l'ombre, dis-je. Elle est tombée dans les pommes, tout à l'heure. Heureusement, quelqu'un l'a secourue. Une ranger très sympa, Sasha Starflower.

On aurait cru que je venais de révéler au grand jour le secret le plus honteux de Nick, ou quelque chose du genre. Il rougit, ses traits se figèrent, et il nous foudroya d'un regard assassin. Puis il quitta le restaurant d'un pas rageur à l'instant même où la serveuse allait s'occuper de lui.

— À votre place, suggéra Ned à cette dernière, je ne me donnerais pas la peine de garder son plat au chaud. Je parie qu'il ne reviendra pas.

— Bizarre ! commenta George. Je me demande pourquoi il est sorti de ses gonds…

Je n'avais aucune réponse à lui proposer… « Merci pour l'ambiance, Nick ! » pensai-je quand, à table, nous mâchonnions sans entrain nos tacos. Mais rien ne peut nous démoraliser et nous réduire au silence bien longtemps ! Lorsque notre plat principal arriva, nous étions déjà de meilleure humeur. Nous tentâmes tour à tour de deviner ce qui tracassait Nick.

Bess lança avec un geste désinvolte :

– Oublions ça ! Il a dû se lever du pied gauche.

– Pff ! Toujours aussi indulgente, ricana George. Moi, je te dis que quelque chose ne tourne pas rond chez lui.

– C'est comme s'il avait deux personnalités différentes, approuva Ned, une bonne et une mauvaise.

Il se tourna vers moi et demanda avec ce grand sourire qui me fait toujours chavirer :

– Qu'est-ce que tu en penses, Nancy ? C'est toi la détective, ici.

Je lâchai un soupir. Il me déplaisait de décevoir Bess, mais je m'efforce toujours d'être franche avec mes amis. J'en fais même un point d'honneur.

– Je suis d'accord avec toi et avec George. La conduite de Nick est en effet étrange. Il y a trop longtemps que je mène des enquêtes pour ignorer qu'il y a toujours une explication à un comportement inhabituel.

– Il avait peut-être mal au dos. Après tout, il a fait une chute à vélo, non ? fit remarquer Bess comme on apportait nos desserts.

– Possible…, murmurai-je.

Cependant ma curiosité était bel et bien éveillée. Mon intuition me soufflait que la colère de Nick n'avait rien à voir avec un éventuel mal de dos ou tout autre motif du même tonneau. J'aurais parié qu'elle était due à quelque chose de sérieux.

Après le repas, nous revînmes tranquillement à pied jusqu'au Ranger Rose. La soirée était fraîche, et George nous dit que c'était typique au début de l'été, dans le désert : les journées étaient chaudes et les soirées glaciales, à cause du faible taux d'humidité.

La pleine lune, éclairant notre route, brillait dans un ciel criblé d'étoiles, où la Voie lactée formait une coulée de blanc, tel un bol de lait renversé. Je me demandai ce que les Anasazis avaient pu penser en contemplant ce ciel, du temps où ils vivaient ici, un millénaire plus tôt. Ils avaient eu sans doute, comme tous les peuples du monde, leurs propres récits et légendes pour expliquer la nuit et les étoiles...

Lorsque nous poussâmes la porte de l'hôtel, l'horloge du hall sonnait dix heures.

– Je suis curieuse de savoir si Missy et Margaret Powell ont aimé Canyonlands, dit George. J'adorerais partir en randonnée là-bas !

– On va jeter un coup d'œil dans le salon de réception, suggéra Ned. Si elles y sont, on leur posera la question.

Mais George et Bess voulurent monter se

coucher. Après sa journée mouvementée, Bess se sentait particulièrement fatiguée. Nous leur souhaitâmes bonne nuit, Ned et moi. Alors qu'elles disparaissaient dans l'ascenseur, le jeune homme qui était de garde à la réception s'adressa à nous :

— Vous parliez de Margaret Powell et sa fille, n'est-ce pas ? Elles ne sont pas encore rentrées, vous savez. Je commence à me faire du souci.

— Elles sont peut-être allées dîner quelque part, suggérai-je.

— Ça m'étonnerait. Margaret m'a confié son portefeuille pour plus de sûreté, avant la balade, et elle en aurait besoin pour payer le repas. Et puis, les gens aiment bien se doucher après une excursion. On prend pas mal de poussière, par ici.

Je sentis l'inquiétude me gagner, moi aussi, en entendant ces propos. Je tentai de me rassurer : Sasha accompagnait Missy et Margaret, et elle connaissait bien la piste.

Je n'eus pas le temps de me perdre en conjectures. La porte d'entrée s'ouvrit d'un coup et, à mon grand soulagement, Missy et Margaret entrèrent. Mais je vis aussitôt qu'il y avait quelque chose d'anormal. Leurs visages et leurs bras étaient couverts de cloques, et elles avaient les lèvres craquelées et tuméfiées. Malgré leurs relations tendues, elles se cramponnaient l'une à l'autre pour se soutenir. C'était pitoyable à voir.

— De l'eau ! gémit Margaret en s'effondrant sur le fauteuil le plus proche.

Comme je n'avais pas oublié les recommandations de Sasha, j'apportai, en même temps que l'eau, des mélanges salés « spécial randonnée ». Elles les prirent avec des mains tremblantes, et les avalèrent aussi vite que le leur permettait leur état. Ce fut Missy qui, la première, récupéra assez de force pour parler :

— C'est un miracle qu'on soit vivantes ! Sasha nous a laissées tomber !

J'en restai sidérée. Puis une affreuse pensée me traversa, et je demandai avec appréhension :

— Sasha ? Et... où est-elle ?

— Il y avait du bruit dans les broussailles, expliqua Missy. Enfin, soi-disant. Alors, elle est allée jeter un coup d'œil.

— Sasha craignait qu'il y ait des animaux sauvages dans les parages, enchaîna Margaret d'une voix entrecoupée. Comme elle ne revenait pas, on a essayé de la retrouver, mais on n'a pas réussi.

— Vous avez prévenu la police ou le poste des rangers ? m'enquis-je.

— Non mais, qu'est-ce que tu crois ? fit Missy. On vient à peine d'arriver ! C'est tout juste si on a pu retrouver notre route dans la nuit noire. On crève de soif, et on est brûlées par le soleil. C'est une chance qu'on en ait réchappé ! Imagine, s'il y avait eu une bête féroce dans le canyon…

Je la dévisageai d'un air scandalisé. Margaret et Missy étaient inouïes ! Elles étaient saines et sauves et, pourtant, elles ne songeaient qu'à se lamenter au lieu de se soucier de Sasha. Or, Canyonlands était un endroit dangereux ! Sasha l'avait décrit comme une étendue désertique où l'on pouvait mourir de soif ou d'hypothermie ; où même des guides expérimentés pouvaient se perdre : un « dédale », avait-elle affirmé.

Je me tournai vers le réceptionniste, qui m'adressa un regard alarmé.

— On appelle la police, et fissa ! me dit-il.

Ayant signalé la disparition de Sasha, il tendit le téléphone à Margaret. Je l'écoutai décrire l'endroit où elle avait vu Sasha pour la dernière fois. Ses indications étaient bien trop vagues pour être utiles !

Quand elle raccrocha, elle annonça :

— La police organise immédiatement les recherches. Allons nous coucher, Missy. On a besoin de repos. Et je veux que tu appliques sur tes brûlures un emplâtre d'oignons verts. Quelle journée épouvantable !

Elles s'éloignèrent vers l'ascenseur, et le réceptionniste les suivit d'un regard écœuré. J'étais tout aussi indignée que lui.

– Que peut-on faire pour secourir Sasha ? lui demandai-je. Elle doit être en train d'errer dans les ténèbres, morte de froid et de soif, au milieu des serpents venimeux et des coyotes ! Elle est sûrement terrifiée.

Il me répondit d'un air grave :

– Les seuls qui puissent la retrouver sont les rangers. Ce sont des professionnels. Vous devriez aller vous reposer. Demain, vous pourrez vous rendre au poste pour proposer votre aide, s'ils en ont besoin.

Dès mon réveil, le lendemain, je mis George et Bess au courant de la disparition de Sasha. Inutile de préciser qu'elles furent catastrophées !

– Ils l'ont peut-être ramenée, maintenant, fit Bess en enfilant son jean.

– J'y compte bien, dis-je. Allons au poste des rangers pour prendre des nouvelles.

Un moment plus tard, tandis que Ned demandait à la réception les indications pour gagner le parc national de Canyonlands, Nick sortit du salon et nous aborda.

— Je tiens à m'excuser pour ma conduite d'hier soir. Est-ce que vous me pardonnez ? implora-t-il, décochant un sourire gêné à Bess.

C'était d'abord à elle qu'il pensait, évidemment...

— Bien sûr, répondit-elle. C'est déjà oublié. Écoute, Nick, on se rend à Canyonlands pour avoir des informations sur la jeune femme qui a disparu hier. Si les rangers ne l'ont toujours pas retrouvée, ils voudront peut-être constituer des équipes de recherche supplémentaires. Tu nous accompagnes ?

Nick parut mal à l'aise :

— Missy et Margaret m'en ont déjà parlé. Il s'agit bien de Sasha Starflower ?

Comme Bess hochait la tête, il continua :

— Je la... euh, je la connais un peu. Je viens avec vous. J'espère qu'elle va bien.

Je jetai un regard aigu à Ned. « Pourquoi Nick a-t-il balbutié en parlant de Sasha ? » me demandai-je. Mais je n'avais pas le temps de m'appesantir sur ce détail surprenant alors qu'une énigme de taille s'offrait à moi !

Il nous fallut une vingtaine de minutes pour

atteindre le poste de garde des rangers, à l'entrée du canyon nord.

Une fois sur place, ce fut le cœur serré que je descendis de voiture. Je souhaitais de toutes mes forces que les nouvelles soient bonnes.

5.Affrontement

L'homme de service au poste de garde était un vieux ranger au regard bleu gris. Il semblait triste. Une fois les présentations faites, je lui expliquai le motif de notre venue. Puis j'attendis sa réponse, me préparant au pire. J'eus un coup au cœur en le voyant secouer la tête d'un air assombri.

— Désolé, jeunes gens, nous dit-il de sa voix grave et râpeuse, nos gars sont rentrés bredouilles, pour l'instant.

La porte derrière nous s'ouvrit, et un homme grand, d'âge mûr, avec des cheveux d'un noir de jais à hauteur des épaules, entra précipitamment. Il était suivi d'une femme au teint laiteux et aux yeux bleus, dont les tresses châtain clair étaient élégamment enroulées en torsades. Tous deux portaient un short kaki, des chaussures de marche et des polos.

Il n'y eut pas un mot d'échangé entre eux et le ranger. Le couple lut aussitôt la mauvaise nouvelle sur le visage du vieil homme. Ils s'effondrèrent sur un banc proche, trop bouleversés pour parler.

Je les examinai. Les yeux bruns et les hautes pommettes de l'homme, la silhouette gracieuse et les gestes vifs de la femme évoquaient Sasha. « Ce sont ses parents ! » pensai-je avec un élan de compassion.

– Je suis navré, monsieur et madame Starflower, dit le ranger. Nous n'avons pas encore retrouvé Sasha. Nous faisons tout notre possible, soyez-en sûrs. Plusieurs équipes de recherche passent au peigne fin le secteur où elle a été vue pour la dernière fois.

– Merci de tout cœur ! s'exclama Mme Starflower avec un accent anglais. Dès que la police de l'Utah nous a appris la disparition de Sasha, nous sommes partis de Monument Valley pour venir ici. Nous espérions avoir une bonne nouvelle à notre arrivée…

Sa phrase resta en suspens, et les larmes lui montèrent aux yeux.

Je sentis comme un effleurement à l'arrière de mes jambes. Nick venait de s'accroupir derrière moi. Comme je lui lançais un regard interrogateur, il posa un doigt sur ses lèvres.

Personne ne parut s'apercevoir de son manège. M. Starflower enlaça sa femme par la taille et dit au ranger :

— J'aimerais participer aux recherches.

Un craquement sec retentit derrière moi. C'était Nick qui filait vers la sortie. Tout le monde se tourna vers lui, mais il avait presque franchi le seuil.

Tel un fauve fondant sur sa proie, M. Starflower se rua sur lui, fou de rage. Lui qui avait semblé si amical un instant auparavant ! Il l'agrippa par le col et cria :

— Nick Fernandez ! Qu'est-ce que tu as à te cacher ?

— Bonjour, euh… monsieur Starflower, balbutia Nick. Je… euh, je ne me cachais pas.

— Allons donc ! Tu m'évites, hein ? Sinon, pourquoi détalerais-tu comme un voleur ?

— Je ne vous évite pas, prétendit Nick, lançant un regard vers notre petit groupe. On étouffe, ici. Il fait chaud, ça me donne de la claustrophobie.

M. Starflower le toisa avec mépris :

— Menteur ! Tu n'as pas changé d'un iota

depuis l'époque où tu sortais avec ma fille.

Nick tenta de se dégager d'une torsion en s'écriant :

— C'est faux, je ne suis pas un menteur ! Vous avez toujours eu une dent contre moi ! Vous ne m'avez jamais accordé ma chance. Sasha me manque. Je l'aime !

J'échangeai un regard entendu avec mes amis. Nick *aimait* Sasha ? Pour une nouvelle, c'en était une !

— Tu ne connais même pas le sens du mot amour, lui assena M. Starflower en le relâchant. Si tu avais réellement tenu à ma fille, tu n'aurais pas été déloyal. Tu as un sacré toupet de te montrer ici dans des circonstances aussi douloureuses !

Nick s'empourpra et serra les poings à en avoir les phalanges blanches. Il tentait de se maîtriser, de toute évidence. Pourtant, sa colère déborda et, levant le bras, il projeta son poing en direction du visage de M. Starflower, manquant de peu sa cible. Figés, nous nous attendions à voir jaillir un deuxième coup qui ferait mouche. Mais Nick parut se vider soudain de toute tension ; ses épaules s'affaissèrent. Franchissant le seuil d'un grand pas, il claqua la porte derrière lui.

M. Starflower fixa le battant clos comme si

Nick devait ressurgir d'un instant à l'autre. Il n'en fut rien, et, après un bref instant, l'ambiance se détendit un peu. S'il est toutefois possible d'être détendu lorsqu'une jeune femme est perdue en plein désert et que la température atteint 35 degrés !

Ce fut le ranger qui rompit le silence :

— Quel caractère ! Et ce jeune homme est très musclé, en plus ! Je suis heureux qu'il n'ait fait de mal à personne.

— Moi aussi ! soupira Bess.

Elle hocha la tête, incrédule, et me souffla à l'oreille :

— Son coup de colère d'hier n'était peut-être pas aussi atypique que ça.

— Il est capable de partir tout seul à la recherche de Sasha ! dit Ned. Il est bouleversé, il pourrait faire une folie.

— Il ne commettra pas d'imprudence, déclara Mme Starflower. Je suis sûre qu'il va rentrer en stop à Moab. Nick a un sacré instinct de survie.

Personne ne releva le propos. Nick était peut-être de la trempe des survivants ; mais Sasha avait-elle la même force ?

Je m'assis sur un vieux canapé à côté de mes amis, face aux parents de Sasha, installés sur leur banc.

Je m'attardai en pensée sur la scène de la

veille, au moment où nous avions appris à Sasha que nous étions logés au Ranger Rose. Elle avait paru troublée. Était-ce parce que Nick y séjournait aussi, et qu'elle le savait ?

— Il faut croire que quelque chose m'a échappé, commençai-je. Je ne me doutais absolument pas que Nick et Sasha étaient sortis ensemble.

— Nous avons rencontré Nick il y a deux jours, au Ranger Rose, précisa Bess aux Starflower. Il ne nous a pas dit qu'il connaissait Sasha. Et pourtant nous lui avons parlé d'elle.

Je fus frappée par sa voix neutre, presque blanche ; je sus qu'elle était blessée et s'efforçait de le cacher.

— Même quand on lui a annoncé qu'elle avait disparu, il s'est tu, fit observer George.

— Nick ne m'a jamais inspiré confiance, déclara Mme Starflower. Sasha se plaignait parfois de ses mensonges. En réalité, il se contentait de dissimuler la vérité, ce qui est tout aussi malhonnête.

— Ils ne sortent plus ensemble ? voulut savoir Bess.

— Oh non ! Ils ont rompu voici une semaine, répondit Mme Starflower.

Elle allait ajouter autre chose, mais se ravisa. Je compris qu'elle était gênée de se montrer aussi franche et ouverte avec des inconnus. Quant à M. Starflower, il nous adressa un sourire circonspect.

– Je ne crois pas que nous ayons eu le plaisir de vous rencontrer…, nous dit-il.

Nous nous présentâmes, et racontâmes comment nous avions fait la connaissance de sa fille. Puis je demandai :

– Est-ce que Sasha était bouleversée après sa rupture avec Nick ?

Aïe ! J'étais sans doute allée trop loin. Mme Starflower parut décontenancée ; puis ses traits se figèrent. Son mari, lui, se rembrunit, et son attitude amicale céda la place à une expression plus contrainte. Voilà ce qui arrive lorsque j'oublie que ma curiosité de détective peut passer pour de l'indiscrétion !

Bess me décocha un regard qui signifiait : « Tais-toi et laisse-moi rectifier le tir, Nancy ! »

– Madame Starflower, expliqua-t-elle, Nancy est une détective très célèbre dans notre région. Ne vous formalisez pas si elle pose des questions. Avec elle, c'est tout le temps comme ça. Et je vous assure qu'elle peut être d'un grand secours.

Mme Starflower esquissa un sourire hésitant, auquel je répondis par mon sourire le plus chaleureux. Elle soupira :

— Sasha n'avait pas l'air dans son assiette, ces derniers temps. J'ai supposé que c'était à cause de sa rupture avec Nick. Avant, elle était gaie.

— Nick semble secoué, lui aussi, fit remarquer Ned.

— Ils avaient rompu d'un commun accord ? m'enquis-je.

De nouveau, les Starflower parurent rebutés par ma curiosité. M. Starflower ne tarda cependant pas à préciser :

— C'est Sasha qui a voulu cette séparation. Mais elle en était attristée. Ils étaient ensemble depuis six mois, et elle tenait à lui.

— Alors, pourquoi a-t-elle rompu ?

— Je ne le lui ai pas demandé, répondit fraîchement M. Starflower. Je ne voulais pas être indiscret.

« Est-ce une allusion à mon intention ? » me demandai-je. En tout cas, je fus très surprise lorsqu'il enchaîna :

— Tu es détective, Nancy. Alors, si tu enquêtais sur la disparition de Sasha ? Je mets ma main au feu que cette affaire n'est pas aussi simple qu'il y paraît.

Qui n'aurait été flatté, à ma place ? M. Starflower ne me connaissait pas et, pourtant, il me faisait confiance ! Cependant, je n'aurais pas affirmé comme lui que la disparition de Sasha était louche. Sa fille n'était sans doute pas victime d'un malfaiteur. Il était plus probable qu'elle s'était égarée dans le canyon.

M. Starflower continua :

— Nick réagit d'une façon si bizarre ! Vous l'avez vu à l'œuvre, non ? Est-ce que vous trouvez ça normal ? Je suis inquiet, je l'avoue. Il se peut qu'il soit mêlé à la disparition de Sasha...

Pour ne pas le heurter en lui révélant un avis contraire, je choisis mes mots avec soin :

— Je reconnais que le comportement de Nick est étrange. Il est possible que cela cache quelque chose, en effet. Mais cela ne signifie pas qu'il est coupable d'un acte criminel.

— Plus j'y réfléchis, plus je le trouve suspect ! insista M. Starflower. Après leur rupture, Sasha s'est plainte qu'il ne la laissait pas tranquille. Apparemment, il la harcelait.

— Vous avez signalé tous les deux que Nick n'est pas franc, repris-je. Pourriez-vous être plus précis ?

Mme Starflower passa dans ses cheveux sa main fine et délicate. Elle évoquait une danseuse, avec ses gestes gracieux et son maintien altier.

— Il sortait quelquefois avec d'autres filles, dit-elle. Ce n'était pas sérieux, mais il s'en cachait. Sasha l'apprenait par des amis communs, et, quand elle le questionnait à ce sujet, il se taisait. Pourtant, il insistait pour qu'elle s'engage avec lui. Il était à la fois dépendant d'elle et déloyal. Cela la retenait.

— Leur rupture l'a bouleversé, et je suis sûr qu'il préparait une vengeance même s'il n'a jamais menacé notre fille, déclara M. Starflower.

J'eus une soudaine sensation d'angoisse, comme s'il avait formulé à voix haute mon inquiétude secrète. Je me remémorai la scène de la veille. Nick avait réagi avec tant de violence lorsque nous avions remarqué les salissures de sa chemise à la « Tortilla qui rit » ! De plus, il s'était montré évasif – ce qui était suspect. Mais je me devais quand même de plaider sa cause auprès de M. Starflower, que je trouvais trop prompt à l'accuser.

— Rien ne prouve que Nick soit responsable de la disparition de Sasha, soulignai-je. Ce n'est qu'une supposition. Tout indique que Sasha s'est égarée.

— Je ne suis pas d'accord, Nancy ! s'insurgea-t-il. Sasha se débrouille comme un chef, sur la piste. C'est moi qui l'ai formée, et cela dès son plus jeune âge. Il est impossible qu'elle se soit perdue !

Mes amis l'approuvèrent d'un air grave.

– M. Starflower a raison, Nancy, glissa George. Tu te rappelles, hier, lorsque Bess s'est évanouie ? Sasha a réagi avec beaucoup de sang-froid, et elle a très bien su quoi faire ! Elle est chez elle dans le désert !

– Ce n'est pas normal qu'elle reste introuvable si longtemps, enchérit Ned. Enfin quoi ! Elle est ranger, et guide de randonnée !

– Moi aussi, je suis surprise qu'elle n'ait toujours pas reparu, dis-je. Je prétends seulement qu'il faudrait davantage d'éléments pour étayer l'hypothèse d'un acte criminel. Mais j'accepte très volontiers de mener l'enquête. S'il y a des indices, je les trouverai !

Les parents de Sasha rayonnèrent.

– Oh, merci, Nancy ! s'exclama Mme Starflower. Vous nous redonnez espoir !

Je me tournai vers le vieux ranger pour lui assurer que mon enquête n'interférerait pas avec la sienne. Je lui demandai aussi de me signaler les indices qu'il trouverait, et m'engageai à lui rendre la pareille. Là-dessus, ayant promis aux Starflower de reprendre contact dès qu'il y aurait du nouveau, nous fîmes nos adieux.

Juste avant de partir, je me ravisai.

– Où habite Sasha ? demandai-je aux parents de la jeune femme.

Il y avait peut-être des indices dans son appartement !

— Dans un ranch-hôtel de luxe aux environs de Moab, le Red Horse Ranch, précisa Mme Starflower. Elle s'occupe de leurs chevaux en échange du vivre et du couvert.

Dès que j'eus cette information, un plan se forma dans mon esprit. En revenant vers Moab, j'appris à mes amis que j'allais m'installer au Red Horse pendant un jour ou deux pour élargir le champ de mes investigations. Bess, appâtée par le mot « luxe », proposa de m'accompagner. De leur côté, Ned et George résolurent de rester au Ranger Rose pour avoir l'œil sur Nick.

À notre retour à l'auberge de jeunesse, je téléphonai au Red Horse pour réserver notre chambre. Le propriétaire, un vieil homme jovial du nom de Earl Haskins, me proposa même de nous prêter sa Jeep de dépannage pour que nous puissions circuler dans le désert.

Dans l'après-midi, George et Ned nous déposèrent au ranch, et, dès que nous fûmes installées, j'explorai les lieux avec Bess. C'était superbe. Des chalets se dressaient sur les pelouses ombragées de pins immenses et de peupliers élancés ; de vastes paddocks entouraient les bâtiments. Des montagnes aux cimes enneigées d'un côté, des canyons roux et des mesas de l'autre, complétaient le panorama. Le bâtiment principal abritait un hall confortable et une salle à manger campagnarde, où une tête d'élan surmontait la vaste cheminée chaleureuse.

— Si on allait dans la salle de jeux, Nancy ? suggéra Bess, me désignant une pancarte qui indiquait les lieux. Je te jette un défi au billard américain.

Elle me précéda dans la pièce et s'immobilisa sur le seuil. La table de billard était déjà occupée. Par Missy Powell !

Alors qu'elle jouait un coup, un éclat bleu attira mon regard. Je tressaillis : Missy portait à son doigt la turquoise de Sasha !

6. Éboulement

Bess, qui avait l'œil pour ce genre de détail, s'exclama :
— La bague de Sasha !
— Elle est ravissante, hein ? fit Missy en effleurant la pierre lisse du bout du doigt.
— Comment se trouve-t-elle en ta possession ? demanda Bess. Ce n'est sûrement pas de Sasha que tu la tiens, c'est un cadeau d'anniversaire de son père.
— Ah ? lâcha Missy, évasive. Eh bien, si, Sasha me l'a donnée. Provisoirement.
Elle joua un deuxième coup en plissant les paupières comme un prédateur jaugeant sa

proie. Avec un bruit sonore, une boule orange atterrit dans le trou.

— Tu as intérêt à nous dire comment tu as eu cette bague si tu ne veux pas être soupçonnée de l'avoir volée, insistai-je.

Missy agita la main d'un geste désinvolte :

— Pensez ce que vous voulez, je m'en fiche ! Mais, si vous tenez tant que ça à le savoir, eh bien, hier, à Canyonlands, j'ai remarqué cette bague, et j'ai dit à Sasha qu'elle était très belle. Alors, elle m'a permis de l'essayer. Comme Sasha s'est perdue dans le canyon avant de la reprendre, pour le moment, le bijou est à moi !

Je jetai un regard éloquent à Bess. Le moment était mal choisi pour embarrasser Missy — en lui disant, par exemple, qu'elle n'avait pas le droit de garder la turquoise, puisqu'elle n'avait aucun lien de parenté avec Sasha.

Comprenant mon intention, Bess demanda à Missy :

— Tu es venue loger ici, toi aussi ?

— Ben, oui, fit Missy en empochant une boule jaune.

— Qu'est-ce qui te déplaisait, au Ranger Rose ? voulus-je savoir — même si la réponse n'était pas difficile à deviner !

— Ma mère, tiens ! répondit Missy. Ce

qu'elle est embarrassante, quand elle s'y met ! Je ne la supportais plus. Et puis, cette auberge est minable. Ici, au moins, il y a un spa, et on peut faire du cheval.

– Mais… ta mère doit être vexée, non ? intervint Bess.

– Penses-tu ! Elle est toujours en pleine méditation, alors, elle ne remarque rien. De toute façon, je suis ici, point barre. Elle n'a qu'à s'y habituer, décréta Missy. Dites… vous voulez faire une partie ?

– Pas maintenant, biaisai-je en échangeant un regard complice avec Bess. D'abord, on va déballer nos valises. Peut-être après… C'est sympa de nous l'avoir proposé !

Lorsque nous fûmes de retour dans notre chalet, je m'installai sur mon confortable lit en cuivre, face à celui de Bess. Je voulais discuter de l'affaire avec mon amie, et en particulier des récents événements.

– On doit surveiller Missy, déclara Bess. Elle et sa mère sont les dernières à avoir vu Sasha, et Missy détient sa bague ! Si ce n'est pas un signe de culpabilité, je veux bien être pendue !

– Pourquoi Margaret et Missy auraient-elles abandonné Sasha dans le désert ? répliquai-je. Nick est beaucoup plus suspect. Il est l'ex-petit ami de Sasha, il était bouleversé par leur rupture, et il a pu vouloir se venger.

Bess se rembrunit :

— Quelque chose me dit qu'il n'est pas coupable.

— Examinons les indices, repris-je. Les deux Powell n'ont pas l'air de s'inquiéter pour Sasha. C'est très bizarre. À ton avis, c'est de l'égoïsme, de l'indifférence, ou bien y a-t-il autre chose là-dessous ?

— Imaginons que Sasha se soit blessée lors d'une chute, et que Margaret et Missy n'aient pas voulu l'aider à revenir à Moab…, suggéra Bess. Ensuite, elles ont eu peur qu'on les accuse de l'avoir abandonnée et, du coup, elles ont menti. Elles ont prétendu que Sasha les avait laissées tomber, afin de rejeter la faute sur elle. Ce qui est bien commode pour Missy, vu qu'elle garde la bague de Sasha.

Bess tenait peut-être là une idée, il fallait le reconnaître. La bague était notre première et seule preuve tangible.

— Nick a un mobile ; quand à Missy et Margaret, elles ont eu une occasion d'agir, conclus-je. Il faudra prendre en compte ces deux éléments.

— C'est divinement bon ! s'exclama George en mordant dans son pilon de poulet au citron vert et au piment. Mais plutôt brûlant, continua-t-elle en avalant une gorgée de thé glacé.

— Ce plat est typique du Sud-Ouest américain, dit Mme Starflower. Chaud, épicé, bien grillé, influencé par la cuisine mexicaine. On utilise beaucoup d'ingrédients comme le maïs et le piment, ici.

Les Starflower nous avaient invités, mes amis et moi, dans un excellent restaurant de Moab qui proposait de la cuisine locale. Je crois qu'ils appréciaient mon aide pour rechercher Sasha. Un ami de Mme Starflower dînait avec nous : un archéologue britannique spécialisé dans les civilisations indiennes qui s'appelait Nigel Brown. Il nous apprit que le mot *anasazi* signifiait « les anciens » en langue navajo.

— Les Anasazis sont fascinants, nous dit-il, et son regard vert parut se perdre dans un passé lointain. Leur civilisation était très avancée. Ils vivaient dans des habitations troglodytes labyrinthiques, dans les régions qui correspondent aujourd'hui à l'Utah, au Nouveau-Mexique, à l'Arizona et au Colorado.

— Il paraît qu'ils sont partis brusquement un

beau jour, aux alentours de l'an 1300, et se sont comme volatilisés dans la nature, fis-je, me rappelant ce que Sasha nous avait raconté la veille, à Arches. C'est vrai que personne ne sait pourquoi ?

— Malheureusement oui, dit Nigel Brown avec un sourire amical. J'aimerais bien connaître l'explication, Nancy. Je mène actuellement des fouilles sur un site en Arizona, à la recherche d'éléments sur la culture anasazie. Mon hypothèse, ainsi que celle de nombreux scientifiques d'ailleurs, est que les Indiens Hopis sont les descendants des Anasazis.

Ned se tourna vers lui avec intérêt :

— J'ai lu quelque chose sur les Hopis. Ils sont en Arizona, n'est-ce pas ?

Nigel Brown acquiesça :

— Ils vivent dans les *pueblos*, des constructions en pierre ou en adobe, semblables à celles des habitations troglodytes des Anasazis. C'est une tribu passionnante. Leur filiation s'établit à partir de la mère, et non du père, et ils ont la réputation d'être très réservés, mais aussi très paisibles. *Hopi* signifie « les pacifiques ».

— Vous en savez, des choses ! s'exclama Bess, admirative.

— Pas plus que Kate, dit M. Brown en regardant Mme Starflower.

— Nigel est beaucoup trop modeste, intervint cette dernière. En Angleterre, il fait autorité dans le domaine des anciennes tribus indiennes du Sud-Ouest, alors que, moi, je n'ai pas rouvert un livre depuis l'époque où nous étudiions ensemble l'archéologie à Oxford.

— Vous avez fait de l'archéologie en fac ? lui demanda George.

— C'est comme ça que j'ai connu Paul, sur un site de fouilles en Arizona, répondit Mme Starflower en posant un regard affectueux sur son mari. Je suis revenue vivre ici après avoir obtenu mon diplôme, et Nigel aime beaucoup revoir ses vieux amis lorsqu'il est dans le secteur.

Elle se tut brusquement et baissa les yeux, comme si elle était traversée par une pensée pénible.

Je sus qu'elle pensait à Sasha, tout comme moi.

— Tu vas vraiment en balade à cheval avec Missy ? s'étonna Bess le lendemain matin, après le petit déjeuner. Il faudra que tu la supportes pendant deux heures au moins !

— Excellente occasion pour la questionner

sur Sasha, dis-je. Une veine que le patron du Red Horse n'accepte pas qu'on parte seul à cheval. Sinon, Missy ne m'aurait jamais invitée à l'accompagner. Je ne suis pas dans ses petits papiers !

— Ah, parce qu'il y a des gens qui le sont ? ironisa Bess. Enfin… elle pourra difficilement éluder tes questions, sur la piste. Ça, c'est sûr.

Elle marqua un temps d'arrêt, puis reprit :

— Devine un peu ce que je fais, ce matin ? J'aide Nick à réparer des vélos au Cliff-Hanger, la boutique de location où il travaille à mi-temps.

Bess n'en a peut-être pas l'air, mais c'est un as en mécanique !

— Génial ! commentai-je en souriant jusqu'aux oreilles. Tu découvriras peut-être des indices qui le rattachent à la disparition de Sasha.

— Ou qui prouvent son innocence ! répliqua mon amie en renvoyant en arrière ses longs cheveux blonds. Mais sois tranquille, Nancy, si Nick est coupable, je ne me laisserai pas embobiner, quoi qu'il dise. Je ferai tout mon possible pour retrouver Sasha, tu le sais !

Une heure plus tard, je chevauchais avec Missy dans les collines, sur une piste qui serpentait à travers un bosquet de pins odorants. Moon Dance, mon cheval, était un bel animal gris pommelé d'un caractère doux ; Cricket, la monture de Missy, une jument noire pleine d'allant. Le soleil tapait dur, et la température devait dépasser 35 degrés. Encore une journée torride en perspective ! Par chance, les pins nous apportaient de l'ombre. Plus nous grimpions, plus nous avions une belle vue sur les falaises du désert aux diverses nuances d'orangé et de rouge, surplombées de montagnes enneigées.

Je me portai à hauteur de Missy pour lui poser quelques questions. Après tout, ce n'était pas seulement pour admirer le panorama que j'étais venue jusqu'ici !

— Alors, Missy, qu'est-ce que vous faisiez, à Canyonlands, avant que Sasha disparaisse ? demandai-je avec une désinvolture voulue.

Missy fit volte-face vers moi, coléreuse et rembrunie :

— Mêle-toi de ce qui te regar...

Un grondement assourdissant couvrit la fin de sa phrase. Je levai la tête. Une masse de rochers dévalait droit sur nous – un déferlement de blocs énormes !

7. Comme on se retrouve !

« Vite, un abri ! pensai-je. Il n'y a pas une seconde à perdre ! » Devant nous, une haute corniche surplombait la piste : notre seule protection. Je ne voyais pas d'autre espoir de survie !

Donnant une impulsion à Moon Dance, je criai à Missy de foncer dans cette direction. Mais le grondement infernal des rochers l'empêcha peut-être de m'entendre, ou alors elle crut avoir une meilleure idée. Toujours est-il que, poussant un hurlement de panique, elle fit tourner Cricket et repartit vers la descente dans le vain espoir de devancer l'avalanche. Je m'élançai à sa poursuite.

La dégringolade des rochers nous promettait une mort imminente : dans quelques secondes, nous serions enterrées dessous. Allongeant le bras, je saisis Cricket par la bride et l'entraînai d'un coup sec vers l'escarpement. Nous y fûmes en un éclair. Déjà, les blocs de pierre, lancés à toute vitesse, effleuraient la queue de Moon Dance.

Les chevaux étaient terrorisés. La bouche écumante, Cricket se cabra en agitant ses antérieurs. Les yeux exorbités, Moon Dance tremblait comme une feuille. Plaquées contre l'abri rocheux, les mains sur les oreilles, nous étions au cœur du déferlement de l'avalanche, qui grondait comme un train de marchandises lancé à toute vitesse. La corniche remplit cependant son office : elle nous protégea tel un bouclier.

Au bout de quelques instants qui me parurent une éternité, le fracas cessa. Je mis pied à terre et allai rassurer Missy. Elle se raidit et eut un mouvement de recul ; puis elle m'adressa un sourire hésitant. Elle tremblait encore plus que nos chevaux, et son visage parsemé de taches de rousseur était livide.

Je m'avançai avec précaution hors de l'abri, sur le qui-vive, guettant le moindre bruit, et scrutai l'à-pic qui nous surplombait. Tout était calme. Nous étions sauvées !

Prenant une profonde inspiration, j'embrassai du regard la pente en contrebas. Quel spectacle terrible ! Là où, un instant plus tôt, se trouvaient de jeunes pins et des herbes sèches, on voyait un champ de protubérances rocheuses de toutes formes et tailles. La végétation avait disparu, enterrée, déracinée. Les lieux étaient méconnaissables. Par chance, devant nous la piste était dégagée.

Je devais prendre la direction des opérations. Sinon, nous resterions vissées là un bout de temps ! Missy était trop secouée pour agir.

— Ça va aller, lui dis-je. L'éboulement est terminé. Partons.

— Nancy, j'ai eu la peur de ma vie ! s'écria-t-elle.

Cricket hennit et pivota sur place, totalement égarée. Missy tenta de la calmer d'une main mal assurée, ce qui rendit la jument encore plus nerveuse. Je lui prêtai main forte. Puis, après avoir maîtrisé Cricket et Moon Dance, je me remis en selle et talonnai mon cheval.

— On ne va pas continuer ! protesta Missy. J'ai les nerfs en compote. Rentrons au ranch. Ce qu'il me faut, c'est un bon bain.

— D'accord, on y va, cédai-je.

Mais je pensai : « Zut et rezut ! » J'avais escompté en apprendre un peu plus sur l'excursion de Missy et Margaret avec Sasha ! Je n'avais plus la possibilité de manœuvrer avec subtilité, alors, je me décidai à y aller carrément, en espérant que Missy s'était ressaisie.

— Au fait, vous parliez de quoi avec Sasha, ta mère et toi, juste avant qu'elle disparaisse ? Tu t'en souviens ?

Elle m'adressa un regard étonné et demanda :

— Qu'est-ce qui te fait penser à elle ? Comment peux-tu songer à ça alors qu'on a failli mourir ?

— Parce qu'elle est en danger, elle aussi !

— Eh bien, moi, je suis traumatisée par cette horrible avalanche ! Je veux rentrer, Nancy. Je suis hors d'état d'avoir une discussion !

Je ne pus m'empêcher de lever les yeux au ciel. Heureusement, Missy était trop secouée par notre mésaventure pour y prêter attention.

Vingt minutes plus tard, nous confions les chevaux à un lad du Red Horse en lui racontant ce qui s'était passé, et en lui expliquant que Cricket et Moon Dance avaient besoin d'un après-midi de détente.

Il nous assura qu'il les dorloterait, et je revins avec Missy jusqu'au bâtiment principal. Elle était toujours en état de choc, incapable de parler.

— D'abord, un massage. Et, après, un bon bain chaud, marmonna-t-elle alors que nous traversions la réception.

Il y avait un petit spa dans une des ailes, à l'arrière de la salle à manger. Elle s'engagea dans cette direction, raide comme un zombie.

Mon moral chuta d'un cran. J'avais perdu ma matinée, puisqu'il n'y avait rien à tirer de Missy. Et mon enquête n'était pas plus avancée que la veille. Mais ce n'est pas pour rien que je suis la fille de Carson Drew... Je décidai aussitôt de tenter une négociation.

Me faufilant devant la porte du spa, je barrai le chemin à Missy.

— Je t'ai sauvée en t'entraînant à l'abri de la corniche, lui déclarai-je. Alors, tu me dois quelque chose en retour.

— Quoi ?

— Dessiner une carte de l'endroit où tu as vu Sasha pour la dernière fois.

— Mais maman a déjà tout expliqué à la police !

— Je sais. N'empêche qu'une carte serait utile.

Elle haussa les épaules, trop lasse pour résister.

— Bon, OK, si tu veux.

Elle m'écarta et poussa la porte. Une entêtante odeur d'herbes vint à mes narines. Missy parut reprendre vie. Il y avait sur les étagères de la salle de spa tant de flacons colorés, remplis de lotions, huiles et toniques, qu'elle oublia la carte, et je dus revenir à la charge. Après s'être laissé distraire un moment, elle alla emprunter du papier et un crayon à la réception, puis dessina un croquis rudimentaire.

– Tiens, la voilà, ta carte, fit-elle, si ça t'amuse !

Cette réplique me rendit perplexe. J'avais parfois l'impression que Missy n'avait pas de cœur ! Cependant, cela ne prouvait ni qu'elle avait fait du mal à Sasha, ni qu'elle savait ce qui lui était arrivé…

Je jetai un coup d'œil sur son dessin. Il représentait la Colorado River, qui coulait à deux kilomètres de l'endroit où Sasha avait été vue pour la dernière fois. Si Missy ou sa mère étaient coupables d'un méfait, il était possible que ce croquis soit erroné. Missy l'avait peut-être falsifié pour m'induire en erreur. Hélas, je n'y pouvais rien. Cette carte était mon seul point de départ pour mener l'enquête !

Comme je passais devant la réception, je vis Earl Haskins, le propriétaire du Red Horse, un homme aux cheveux gris et bouclés et aux joues bien rondes. Il avait un caractère sociable, et semblait plutôt désœuvré pour le moment. J'en profitai pour lui demander :

— Monsieur Haskins, pourrais-je vous poser quelques questions sur Sasha ?

— Bien sûr ! fit-il en s'animant. Je sais qu'elle a disparu à Canyonlands. La police est venue ici hier à la pêche aux informations. Comment puis-je t'aider, Nancy ?

— Sasha travaillait chez vous, si j'ai bien compris. On m'a dit qu'elle s'occupait des chevaux en échange du gîte et du couvert. S'est-il passé quelque chose d'anormal pendant son séjour ?

— D'anormal ? Je pense bien ! Elle a travaillé ici jusqu'à la semaine dernière, tu vois. Et puis, tout à coup, elle a donné sa démission, sans expliquer pourquoi. Comme je l'aimais bien, je lui ai laissé tout son temps pour trouver un autre hébergement.

— Mmm… Elle avait un comportement habituel, le jour où elle a démissionné ?

— Oh non ! Elle n'était plus la même ! Avant, elle était gaie et expansive. Soudain, elle est devenue très triste. Je suis sûr que quelque chose la turlupinait.

— Ah ! fis-je. Avez-vous une idée de ce que c'était ?

— Je crois, dit-il en mâchonnant le bout de

son stylo d'un air pensif. Son copain traînait tout le temps par ici... Comme elle voulait son indépendance, elle a rompu avec ce bon à rien, et je ne l'en blâme pas ! Il lui portait sur les nerfs. Elle pensait qu'elle serait plus heureuse sans lui.

— On dirait qu'elle voulait changer de vie, observai-je.

Earl Haskins haussa les épaules :

— J'ai cru qu'elle irait mieux après cette séparation, mais c'est le contraire qui s'est produit. À mon avis, elle est partie parce qu'elle était malheureuse. Mais, franchement, ça me dépasse ! Elle aurait dû se réjouir d'avoir enfin plaqué ce malotru !

Il poussa un soupir, puis lâcha d'un ton sentencieux :

— Va comprendre quelque chose à l'amour !

Je réfléchis un instant. Ainsi, Sasha avait été triste de rompre avec Nick, malgré son désir de le quitter... Il avait dû compter pour elle ! Cette information m'aiderait-elle à retrouver sa trace ? Seul l'avenir le dirait.

J'allais remercier M. Haskins de m'avoir consacré son temps lorsque son visage s'éclaira tout à coup, et il m'annonça :

— Nancy, il y a autre chose que tu dois savoir au sujet de Sasha.

Vous pensez bien que je fus tout ouïe !

Pinçant les lèvres, il contempla un panier tressé indien disposé sur une table basse. Enfin, il reprit la parole :

– Au cours du mois dernier, Sasha s'est énormément intéressée aux Anasazis. Sais-tu qui ils sont ?

– Oui, Sasha a évoqué cette ancienne peuplade. Lorsque nous avons fait sa connaissance, elle était occupée à photographier leurs gravures rupestres à Arches.

– Ça lui arrivait souvent. Elle achetait aussi des livres qui leur étaient consacrés. Et elle surfait sur le Web pour apprendre le plus de choses possible à leur sujet.

– Est-ce que vous savez la raison de cet intérêt soudain ?

– Oh, j'ignore s'il y a un motif précis... Je suppose que cette curiosité lui est venue avec le temps. Il y a seulement quelque temps qu'elle s'est mise à parler des Anasazis.

– Et qu'est-ce qu'elle disait d'eux ?

– Que leur histoire mystérieuse l'intéressait. Qu'ils avaient un habitat très évolué. Elle admirait aussi leurs pétroglyphes et leurs poteries. Elle visitait également des vestiges anasazis, tels que les sites de Mesa Verde au Colorado et de Chaco Canyon au Nouveau-Mexique. Elle faisait des kilomètres en voiture rien que pour ça. Je crois qu'elle adorait imaginer comment ils vivaient, et essayer de deviner ce qui leur était arrivé au début du XIVe siècle.

Il hocha longuement la tête, commentant dans un soupir :

— Les Anasazis se sont littéralement évaporés du jour au lendemain ! À croire que des extraterrestres sont venus les emporter loin de la Terre.

— Sasha voyageait seule ?

— Nick l'accompagnait parfois, mais la plupart du temps elle était seule, oui. Et puis, elle discutait souvent avec Andy Littlewolf. C'est un Navajo. Il est antiquaire. Il est possible qu'il lui soit arrivé d'aller avec elle. Tu devrais le rencontrer, Nancy.

Andy Littlewolf... Ce nom me disait quelque chose ! N'était-ce pas Sasha, justement, qui nous avait parlé de lui ?

— Où puis-je le trouver ? demandai-je.

— Il a un magasin à Moab. Ça s'appelle Littlewolf's Antiques. La route est longue de sa réserve jusqu'ici, alors il n'y travaille que trois jours par semaine. Je suis passé le voir ce matin, je cherchais des bibelots pour décorer la réception. Donc, je peux te confirmer qu'Andy est sur place. Il faisait des messes basses dans un coin avec une bonne femme grisonnante qui portait un jean tout rapiécé. Plutôt bizarre comme nana ! On voit de drôles d'hurluberlus à Moab, Nancy, tu peux me croire !

8. Eaux troubles

Je ne traînai pas ! Après avoir demandé des indications à M. Haskins pour me rendre au magasin de M. Littlewolf, je quittai le ranch dans sa Jeep.

Dix minutes plus tard, je me garais devant Littlewolf's Antiques, à deux pâtés de maisons du Ranger Rose, dans Main Street. Je supposais que Margaret Powell ne s'y trouverait plus, puisque M. Haskins l'y avait vue deux bonnes heures plus tôt. En effet, la boutique était déserte lorsque j'entrai – exception faite d'un homme qui époussetait les poteries d'une étagère. M. Littlewolf, sans doute.

Il était tout le contraire de Earl Haskins :

grand et maigre, avec de longs cheveux noirs réunis en queue de cheval. Il me salua d'un bref signe de tête. Je me présentai, et quelques secondes s'écoulèrent avant qu'il réagisse. Earl Haskins était du genre à déverser un flot de commentaires sur n'importe quel sujet; Andy Littlewolf, lui, semblait même réticent à dire bonjour! Ignorant son air fermé, je mitonnai plusieurs questions dans mon esprit et me lançai. Je lui demandai d'abord s'il connaissait Sasha. Il hocha la tête avec prudence.

— Bien sûr que je la connais. Elle a grandi tout près de chez moi. Puis-je vous aider à faire votre choix dans ma boutique?

— Pour être franche, c'est à Sasha que je m'intéresse. Vous avez sans doute appris qu'elle a disparu à Canyonlands voici deux jours.

— Je suis au courant de la nouvelle, oui, lâcha-t-il.

Là-dessus, il se tourna pour continuer à épousseter ses poteries.

— J'aide les rangers dans leurs recherches, continuai-je. Nous essayons de réunir des informations auprès des amis de Sasha. Chaque détail compte. S'il vous plaît, dites-moi tout ce que vous savez.

— Je n'en sais pas plus que vous, répliqua-t-il. Je ne suis pas responsable de sa disparition, et je ne vois pas en quoi les informations que je pourrais fournir seraient utiles.

Je ne pus réprimer un mouvement de surprise : pourquoi s'imaginait-il que je le soupçonnais d'être mêlé à la disparition de Sasha ?

Je résolus aussitôt de modifier ma tactique. Je ne gagnerais rien à le placer sur la défensive ! Il refuserait de répondre, et j'en serais pour mes frais.

Je dis d'un ton radouci :

— Personne ne vous reproche quoi que ce soit ! Si vous y tenez, on peut parler de votre boutique…

J'embrassai du regard les nombreux étalages, où étaient exposés des céramiques, des pointes de flèches et des bijoux. Dans un angle, sur une table, je vis des poteries et des statues en bois sculpté de toutes tailles, parées de vêtements colorés et de coiffes à plumes.

— Vous avez de très belles choses ! m'exclamai-je.

Ma stratégie s'avéra payante : M. Littlewolf s'illumina.

— Je suis content qu'elles vous plaisent, dit-il en esquissant un sourire. La plupart des Navajos écoulent leur production dans leur réserve ; moi, j'aimerais élargir mon éventail. Je désire vendre des antiquités qui ne sont pas nécessairement d'origine navajo.

Je pris un fragment de céramique et l'examinai. Il représentait un joueur de flûte coiffé d'un couvre-chef à plumes.

— Cette pièce semble très ancienne, fis-je.

— Elle l'est. Il s'agit d'un tesson de poterie anasazie. Cela représente Kokopelli, le joueur de flûte et magicien errant et bossu. Les Anasazis croyaient qu'il apportait la pluie et la fertilité. Je suis spécialisé dans les antiquités indiennes, vous savez, en particulier les artefacts anasazis. Bien entendu, la plupart des pièces sont si anciennes qu'il est très difficile d'en trouver d'entières.

— Comment avez-vous obtenu ces fragments ?

— Aussi incroyable que ça puisse paraître, je les ai trouvés dans ma cour. Mon *hogan* – la maison typique des Navajos – est situé à l'entrée d'un canyon. J'y ai déniché pas mal de tessons. Parfois, des archéologues me les achètent pour les étudier.

J'observais M. Littlewolf tandis qu'il parlait. Pourquoi était-il si loquace sur les poteries anasazies, et si peu bavard sur Sasha ?

Il continua :

– Les Anasazis étaient de remarquables potiers. Il reste encore de nombreux vestiges de leurs productions, dans des cavernes reculées du Sud-Ouest américain. Malheureusement, cela peut poser problème.

– En quoi ?

Il plissa les yeux :

– Parce qu'ils sont la propriété des tribus indiennes. Si, par exemple, un randonneur trouve une poterie dans une grotte, il doit l'y laisser. Il est illégal de prendre des objets anciens sur un territoire fédéral, ou indien. Mais ces terres sont si vastes et si peu peuplées que nous ne pouvons pas véritablement les surveiller. Il ne risque guère d'y avoir de témoins d'un vol au beau milieu du désert.

Je songeai un moment aux Anasazis. Ils représentaient un mystère passionnant…

– À votre avis, demandai-je à M. Littlewolf, pourquoi les Anasazis ont-ils disparu ?

Il poussa un soupir :

– J'aimerais bien le savoir ! Aucune théorie n'est à écarter. Certains supposent qu'un astéroïde a heurté cette zone… Ce qui est certain, c'est qu'il y a eu trente ans de sécheresse dans cette région, à la fin du XIIe siècle. Cela a dû réduire cruellement les ressources de ce peuple.

— Vous pensez qu'ils ont migré à la recherche de l'eau ?

— Peut-être, dit-il en haussant les épaules.

— Donc, vous avez pris ces pièces sur votre propre terre pour les vendre ?

— Je suis indien, j'en ai le droit. Bien entendu, je ne le ferais pas si j'avais la moindre raison de croire qu'elles proviennent d'un lieu sacré. Mais je ne m'intéresse pas seulement aux artefacts des Anasazis. J'aime aussi l'art et les bijoux des Navajos, ainsi que les kachinas et poteries hopies.

— Les *kachinas* ? De quoi s'agit-il ? m'enquis-je.

— Je vois qu'il me faut te donner un cours rapide de culture indienne, déclara Andy Littlewolf.

Il s'approcha de la table où se trouvaient les statuettes et en saisit une, d'environ trente centimètres, qu'il me montra. Richement sculptée, elle était vêtue d'une jupe rouge ; des plumes étaient délicatement fixées à la colle en cinq points du couvre-chef.

— Voici une kachina, Nancy, me dit-il. C'est une figure totémique qui représente un esprit. Il existe, dans la mythologie de cette tribu, de nombreux esprits qui sont à la fois bénéfiques et maléfiques. Les Hopis sont très secrets au sujet de leurs croyances. Ils accomplissent des danses cérémonielles et des rituels. Je te suggérerais bien d'assister à une de ces danses, mais ils en interdisent la plupart aux étrangers.

J'effleurai une poterie placée près d'une kachina. Elle était décorée d'un dessin stylisé, représentant un gracieux papillon.

— Que c'est beau ! m'exclamai-je.

— Ne touche pas à ça ! C'est ma pièce préférée ! s'exclama Andy Littlewolf. Les poteries des Hopis sont très renommées, tout comme leurs kachinas.

Décidément, c'était un homme curieux. Il semblait distant mais, lorsqu'il était passionné par un sujet, il n'y avait plus moyen de l'arrêter. Cependant, il s'exprimait sans douceur ni bienveillance. Il se montrait, au contraire, hautain et arrogant. Il aurait fallu plus que ça pour me décourager ! J'étais résolue à lui soutirer des informations sur Sasha !

Pensant qu'un peu de flatterie l'amadouerait peut-être, je commentai :

— Vous êtes drôlement calé sur les Hopis et les Anasazis !

Il m'adressa un sourire contraint :

— Je le suis, en effet. Et tu dois savoir qu'il n'est pas du tout courant qu'un Navajo s'intéresse aux Hopis. Nos deux tribus ne sont pas dans les meilleurs termes, à cause de litiges territoriaux. Pourtant, nous autres Navajos avons adopté certains savoir-faire hopis, comme la poterie.

— Pourquoi avez-vous choisi leur culture ?

— Je n'en sais rien. Pourquoi aime-t-on telle chose ou telle autre ? Personnellement, j'ai toujours aimé les mythes hopis, et je me suis intéressé aux influences que les Anasazis ont exercées sur la culture hopie. Comme tu le vois, bien que je sois antiquaire, je ne résiste pas au plaisir de proposer leur artisanat. Ceci est mon « étalage hopi », me précisa-t-il en tapotant la table près de laquelle nous nous tenions. J'aimerais leur acheter davantage de choses, mais, en tant que Navajo, je ne me sens pas toujours le bienvenu chez eux.

Je fis observer :

— Ce doit être frustrant. Vous devriez engager une personne neutre, sans relation avec l'une ou l'autre tribu, pour qu'elle effectue des achats pour vous.

— J'ai un intermédiaire, répliqua-t-il plutôt sèchement. Eh bien, puis-je t'aider pour autre chose, Nancy ?

M. Littlewolf était très calé en tout ce qui concernait le Sud-Ouest américain. Je lui posai encore quelques questions sur les Anasazis, et j'appris que Moab était bâtie sur le site d'une communauté d'Indiens pueblos des XIe et XIIe siècles. Leurs villages avaient été brûlés lors du départ des Anasazis, et l'on trouvait des vestiges un peu partout dans le secteur. Il m'apprit aussi que le maïs était leur principal aliment, et que, outre les poteries, les Anasazis avaient confectionné de très beaux paniers.

– Mais le plus étonnant, ce sont leurs maisons de pierre, ajouta-t-il. Elles étaient creusées dans les falaises et très évoluées. Ils avaient même des systèmes de ventilation sophistiqués.

Je tapai du pied avec impatience. C'était passionnant, mais en quoi cela m'aiderait-il à retrouver Sasha ? Après m'avoir raconté tout cela, M. Littlewolf était-il suffisamment détendu pour accepter de parler d'elle ? Je pouvais toujours essayer.

– Il paraît que Sasha s'intéressait aux Anasazis, justement, commençai-je.

Aussitôt il se referma comme une huître. Je soupirai. Dès qu'il était question de Sasha, décidément, je n'arrivais à rien ! Je changeai de tactique une fois encore :

– Est-ce qu'une femme aux cheveux gris est venue chez vous, ce matin ? Elle avait un jean orné de patchs de couleur.

– Je ne sais pas de qui tu parles, déclara-t-il avec colère. Et maintenant, si tu permets, j'ai du travail !

Il tourna les talons, et sa queue de cheval oscilla dans son dos, comme pour confirmer que j'étais congédiée.

– Bon, eh bien... merci de m'avoir appris tant de choses sur les tribus indiennes, fis-je.

– Nous n'avons fait qu'effleurer la question, riposta-t-il.

Et il s'éclipsa dans une pièce dont la porte indiquait : « Privé ». De toute évidence, je n'avais plus rien à faire ici ! Je décidai d'aller voir George et Ned au Ranger Rose. Ils avaient peut-être découvert quelque chose sur Nick. Sinon, ils seraient sûrement prêts à m'accompagner à Canyonlands, pour partir en reconnaissance en suivant la carte de Missy.

Comme je grimpais le perron de notre auberge, je faillis me heurter à eux. En short, T-shirt et casquette de baseball, ils sortaient de l'hôtel.

– Ha, ha ! Je vous prends sur le fait ! blaguai-je. Vous allez faire quelque chose d'intéressant ?

– On a prévu une descente en rafting de la Colorado River, me répondit Ned avec un grand sourire. J'ai essayé de te joindre au Red

Horse, mais M. Haskins m'a répondu que tu étais déjà partie. Je suis drôlement content qu'on soit tombés sur toi !

— Moi aussi, dis-je en lui rendant son sourire. Alors, vous avez des infos sur Nick ?

George haussa les épaules :

— On a pris un soda avec lui, hier soir, en rentrant de notre dîner avec les Starflower. On est allés là où on avait mangé des burgers le jour de notre arrivée, tu te rappelles ? Je ne lui ai rien trouvé de suspect. Et toi, Ned ?

— Moi non plus. Il a plaisanté avec des clients qu'il connaissait. Il a surtout parlé de vélo. Pas une seule fois il n'a mentionné Sasha ou son accès de violence devant ses parents. C'est à croire qu'il a une double personnalité.

— Et aujourd'hui, vous l'avez vu ?

— Non, répondit George. Il travaille.

— Oh oui, c'est vrai ! m'exclamai-je. Chez Cliff-Hanger, avec Bess.

— Alors, Nancy, insista Ned, ça te tente de faire du rafting ? On a réservé chez River Outfitters, juste au bas de la rue. Un guide nous attend avec un canot pneumatique.

J'eus une hésitation :

— C'est alléchant, mais... En réalité, j'espérais que vous m'aideriez à retrouver l'endroit où Missy et Margaret ont vu Sasha pour la dernière fois. Missy m'a dessiné une carte, et elle a marqué le lieu d'une croix, dis-je en tirant le papier de ma poche.

George désigna la ligne bleue ondulée qui représentait la Colorado River.

– D'après ce croquis, l'endroit en question n'est pas loin du fleuve. On pourrait se rapprocher du secteur en raft, et puis explorer la terre ferme, suggéra-t-elle.

– Géniale, ton idée ! m'écriai-je. J'espère que notre guide voudra nous mener jusque-là. Avant de partir, je préviens les Starflower.

Je m'exécutai, et M. Starflower, très reconnaissant de mon appel, me souhaita bonne chance. Pendant notre court trajet jusqu'à River Outfitters, j'informai mes amis de mon entrevue avec M. Littlewolf. Je leur appris aussi que M. Haskins avait vu dans sa boutique, le matin même, une femme qui était sans doute Margaret Powell.

Nous fûmes accueillis par notre guide, un jeune homme prénommé Byron. Une fois les présentations faites, j'étalai sur le comptoir la carte de Missy, et nous demandâmes à Byron s'il pouvait nous conduire à l'endroit signalé par un X. Après avoir un instant étudié le croquis, il renvoya en arrière sa tignasse blonde en affirmant :

— Bien sûr ! Si la localisation est exacte. Je connais une piste qui conduit du Colorado à ce point précis, à deux kilomètres à l'intérieur des terres. Je veux bien vous y emmener moyennant un petit supplément.

Je réfléchis un instant. Je ne me fiais guère aux capacités de Missy pour ce qui était de tracer une carte ! Par ailleurs, elle avait pu délibérément la falsifier pour m'induire en erreur. Mais il se pouvait tout aussi bien que cette carte soit juste... Si c'était le cas, on pouvait supposer que Missy et sa mère avaient suivi la piste dont parlait Byron pour atteindre le fleuve et que, une fois là, elles n'avaient eu qu'à longer la rive pour rentrer saines et sauves. Sinon, comment deux personnes aussi inexpérimentées qu'elles auraient-elles retrouvé leur chemin dans Canyonlands ? Et par nuit noire, en plus !

Cela dit, si elles avaient réussi à trouver cette piste, pourquoi Sasha n'en avait-elle pas fait autant ? Il fallait supposer qu'elle en avait été empêchée, déduisis-je, le cœur battant soudain plus vite. Elle avait dû se blesser, ou se prendre à quelque piège, humain ou animal. Comme son père, je ne parvenais pas à croire qu'elle s'était tout simplement égarée.

Une demi-heure plus tard, Byron, George,

Ned et moi montions à bord d'un canot pneumatique dont les bords avaient trente centimètres de haut. Nous avions enfilé des gilets de sauvetage par-dessus nos T-shirts.

— Tenez, prenez chacun une pagaie, nous dit notre guide. J'aurai peut-être besoin de votre aide pour franchir les rapides. Ils peuvent être très violents.

— J'imagine que l'orage de l'autre jour a fait monter le niveau du fleuve, glissai-je.

Il sourit :

— Et comment ! C'est ce qui rend les choses encore plus amusantes ! Nous n'irons pas dans des rapides écumants, je n'emmène jamais des débutants dans des endroits aussi périlleux. Nous rencontrerons toutefois des passages difficiles, alors, attachez bien vos gilets de sauvetage.

Nous aidâmes Byron à installer sur le canot une grosse boîte étanche. Elle contenait des provisions d'eau et de nourriture, ainsi qu'une trousse de premiers secours.

— On s'en sert rarement, nous assura-t-il. Mais deux précautions valent mieux qu'une.

Nous ne tardâmes pas à dévaler le fleuve en direction de Canyonlands, entre d'immenses falaises ocre. Le soleil de l'après-midi tapait sec, et il n'y avait pas d'ombre du tout. Le ciel bleu irradiait de chaleur. Je plongeais ma pagaie dans les flots, auxquels les eaux de ruissellement du désert conféraient une teinte à la fois roussâtre et crayeuse.

Nous maniâmes nos pagaies tour à tour; le reste du temps, nous paressions, tranquillement installés au fond du canot. Alors que Byron buvait de l'eau à sa gourde, George lui demanda :

— Où sont-ils, ces fameux rapides ? On avance à un train d'escargot !

— Mon chou, tu n'as encore rien vu ! lui répliqua Byron avec un sourire. Les apparences sont trompeuses, crois-moi. Profite du calme avant la tempête.

Le courant était si lent, et la chaleur si intense que je me surpris à somnoler. Ned avait contre ça un remède souverain.

— Je vais me baigner, m'annonça-t-il. Tu viens ?

Sans attendre de réponse, il envoya valser ses sandales, sa casquette et ses lunettes de soleil, et plongea tout habillé.

— Sautez ! insista-t-il. L'eau est géniale !

Nous ne nous le fîmes pas dire deux fois. M'assurant que mon gilet de sécurité était bien attaché, je sautai dans l'eau crayeuse. Malgré son aspect peu engageant, je n'avais jamais eu autant de plaisir à nager. C'était si rafraîchissant ! Byron mania sa pagaie de façon à ralentir le canot, pour que nous puissions rester à sa hauteur. Au bout de quelques minutes, cependant, l'embarcation fit un bond en avant.

Byron nous jeta un regard éloquent :

– Remontez en vitesse ! On arrive aux rapides. Le coin est dangereux.

Nous rejoignîmes le raft, que Byron maintenait sur place à coups de pagaie. Il se pencha pour m'aider à me hisser à bord. Alors que j'agrippais le caoutchouc, j'en trouvai le contact bizarre. C'était mou.

– Holà ! cria Byron, qui pâlit sous son hâle. Il y a un énorme accroc sur le côté ! Le canot se dégonfle !

Le courant gagna soudain de la force et nous entraîna plus vite. Byron oscilla dangereusement, menaçant de nous rejoindre dans un plongeon involontaire.

Je regardai en direction des rapides. D'énormes rochers acérés se rapprochaient de nous, battus par de petites vagues nerveuses. Le courant s'accéléra encore, nous emportant avec lui.

9. Surprises

— Agrippez le raft et cramponnez-vous ! nous cria Byron tout en luttant pour maintenir la stabilité de l'embarcation.

Heureusement, nous étions restés à proximité, et nous trouvâmes chacun une prise. Mais le canot était trop secoué pour que nous puissions en tirer profit. Notre poids allait le faire culbuter d'un instant à l'autre, je le savais !

— Essayons de le pousser au rivage ! criai-je à Ned et à George.

— N'appuie pas trop ! m'avertit Ned. Il se dégonfle à la vitesse grand V !

Nous battîmes des pieds de toutes nos forces dans l'espoir d'atteindre la terre ferme en amont des rapides. Byron pagaya de plus belle avant que le canot se vide complètement. Jetant un coup d'œil par-dessus le rebord, j'aperçus la rive. Elle était encore à soixante mètres ! J'eus un coup au cœur. Je n'avais pas réalisé que le fleuve était aussi large.

Mobilisant toute notre énergie, nous luttâmes tous les trois pour propulser le raft dans cette direction, secondés par Byron, dont les muscles étaient tendus à craquer. Nous hoquetions, avalant l'eau qui nous cinglait le visage à mesure que le courant nous entraînait vers le danger.

— Plus vite ! hurlai-je.

Nous redoublâmes d'efforts, et le canot fit un bond en avant. Soudain, mon pied heurta une roche immergée. Un élancement de douleur me traversa, et, étourdie par le choc, je restai un bref instant inerte, paralysée dans l'eau. Toute la jambe me faisait mal. Si les rochers environnés d'écume tourbillonnante étaient aussi acérés que celui-ci, nous serions déchiquetés en un rien de temps !

Je réalisai soudain qu'une force irrésistible m'entraînait. « Le courant ! » m'affolai-je, m'efforçant de rester vigilante. Je pensai, tandis qu'une poussée d'adrénaline envahissait mes veines : « Il faut atteindre la rive ! »

– On y est presque ! hurla Byron. Allez-y, du nerf ! Battez des pieds !

Mais le courant gagna encore en violence. Un autre écueil m'érafla la jambe, et je grimaçai de douleur.

– Haa ! cria Ned.

Il sortit la tête des flots, et je vis s'étoiler une tache rouge sur son front, où, déjà, une bosse s'était formée. En aval, les rapides soulevaient des vagues d'écume, telles des flammes blanches crépitant dans l'air.

Au bord du précipice, environné de rochers pareils à d'énormes crocs, un tourbillon ouvrait tout grand la gueule, prêt à nous engloutir.

J'évaluai la distance qui nous en séparait : dix mètres environ. Il nous restait encore une petite chance ! Dans un ultime effort, je pris appui sur un rocher immergé et propulsai le raft vers la rive, secondée par mes amis.

Nous effleurâmes enfin la terre. Dès que je sentis sous mes pieds le lit du fleuve, un immense soulagement m'envahit. « Courage ! pensai-je. On va réussir ! » L'eau nous arrivait aux genoux, et Byron ne pouvait plus pagayer. Il nous rejoignit et nous aida à pousser le canot.

Je chancelai. Nous nous dévisageâmes, dégoulinants d'eau et haletants comme si nous venions de courir un cent-mètres.

— Allons-y, hissons le raft sur le rivage, souffla Byron.

Nous lui prêtâmes main forte. Heureusement, à cet endroit, la falaise était un peu en retrait, et une plage de galets s'étendait jusque-là.

Dès que le canot fut sur la terre ferme, nous enlevâmes nos gilets de sauvetage et nous nous affalâmes au sol, complètement épuisés. Je regardai Ned. Du sang coulait de l'entaille qu'il avait au front.

— Passe-moi la trousse de premiers secours, demandai-je à Byron. Ned a heurté un rocher, il saigne.

Byron défit les courroies qui maintenaient la boîte étanche et en sortit la trousse, qu'il me tendit. J'y pris un tampon de gaze, du désinfectant et un pansement.

Ned ne put réprimer une grimace alors que je nettoyais la plaie. Je constatai avec soulagement que sa blessure était superficielle.

— Ce n'est rien de grave, déclarai-je pour lui remonter le moral, tout en lui bandant le front.

— Les blessures à la tête saignent toujours beaucoup, me dit-il alors que je m'asseyais à côté de lui. Elles sont généralement moins sérieuses qu'il n'y paraît.

— Tu as quand même une bosse, observai-je. Est-ce que tu as mal au crâne ?

Il sourit :

— Pas du tout. Je t'assure que je n'ai pas de commotion cérébrale, Nancy ! Mais tu es géniale comme infirmière.

— Merci. J'espère que je n'aurai plus à faire la démonstration de mon talent pendant ces vacances !

Je ramassai en chignon mes cheveux mouillés, puis attrapai ma casquette, mes chaussures et mes lunettes de soleil, heureusement toujours à l'abri au fond du canot.

Ned resta assis encore un moment, pour récupérer. Pendant ce temps, j'inspectai avec Byron le raft, à présent presque entièrement dégonflé, tandis que George, sur la plage, grignotait un mélange de graines salées.

— Bizarre, bizarre ! lâcha notre guide, examinant la déchirure du boudin de protection. Il est impossible que ce soit fait par un écueil, l'entaille se trouve trop haut.

— Tu as raison. C'est très étrange, approuvai-je. Est-ce que tu aurais pu inciser le caoutchouc par mégarde ?

Il réfléchit un instant, puis répondit :

— Il m'arrive d'utiliser un canif pour sectionner la corde d'ancrage lorsque le nœud est trop serré. Mais je ne me souviens pas de l'avoir fait récemment. De toute façon, si j'avais entamé le caoutchouc, je m'en serais rendu compte.

Je contournai le canot, le regardant sous toutes les coutures.

— Hé! Qu'est-ce que c'est que ça? demandai-je à Byron en passant le doigt sur un mince morceau d'adhésif jaune, collé près de la coupure, d'une dizaine de centimètres de long.

Il fronça les sourcils:

— Je n'en ai pas la moindre idée! Je n'ai jamais réparé ce canot. Je suis le premier surpris de voir ça!

— L'adhésif se confond parfaitement avec le caoutchouc jaune, fis-je observer. Si je l'ai remarqué, c'est parce que je cherchais ce qui a pu provoquer cet accroc.

Byron inclina la tête pour me lancer un regard étonné:

— Tu es détective ou quoi, Nancy? Tu es drôlement observatrice! Je suis impressionné…

Je me mis à rire. Je ne m'étais pas rendu compte que mon comportement était aussi révélateur! J'avais intérêt à dissimuler mes véritables activités si je voulais déterrer quelques secrets à Moab!

— Euh… j'aime bien résoudre de petites énigmes du genre de celle-ci, marmonnai-je.

— Et tu as une idée ?
— Pas encore. Je peux retirer l'adhésif ?

Il acquiesça, et je m'exécutai. Dessous, je découvris une autre entaille, beaucoup moins grande.

— Elle n'a pas l'air accidentelle, celle-là ! fis-je. Tu as vu comme elle est nette ?
— C'est vraiment curieux ! marmonna Byron en écarquillant les yeux. Pourquoi quelqu'un aurait-il découpé cette fente dans le canot ?

Je tâtai le pourtour de l'entaille, et sentis une légère protubérance.

— Mais... ? murmurai-je, de plus en plus intriguée.

Je glissai le doigt à l'intérieur du caoutchouc et palpai un objet en métal. C'était un petit canif, dont la lame brilla au soleil lorsque je le retirai de son gousset improvisé. J'en testai la lame : elle était aussi affûtée qu'un rasoir.

— Houlà ! lâcha Byron. Ça donne les jetons. Comment ce canif a-t-il pu atterrir là, Nancy ?
— Ce qui est sûr, répondis-je, c'est qu'on l'y a mis exprès.

Je réfléchis à toute vitesse, plusieurs hypothèses se présentant à mon esprit. J'eus beau examiner toutes les possibilités, c'était celle du sabotage qui était la plus vraisemblable.

Alertés par nos exclamations, George et Ned

s'approchèrent de nous. Je leur racontai ce que nous avions découvert, et leur fis part de ma théorie d'un air assombri :

— Je pense que quelqu'un a saboté notre canot pneumatique. Le coupable a très certainement entaillé le caoutchouc avec le canif, puis l'a glissé dedans ; ensuite, il a vite scellé la coupure avec l'adhésif.

George approuva :

— Tant que le raft était bien gonflé, il était impossible de détecter la présence du canif.

— Le saboteur a sans doute escompté que la lame percerait le caoutchouc de l'intérieur, sous l'effet de la violence du courant. Ce ne serait sans doute pas arrivé dans le secteur le plus calme de la rivière.

— Mais enfin, objecta Ned, qui savait que nous partions faire du rafting ? Je n'ai parlé de nos projets à personne !

— Moi non plus, enchaîna George. Bon, réfléchissons quand même, Ned. Nous avons décidé de partir en rafting au petit déjeuner, et nous avons demandé conseil au réceptionniste. C'est lui qui nous a indiqué River Outfitters. Alors, nous les avons appelés, et c'est toi que nous avons eu au téléphone, Byron.

Elle darda son regard brun sur le visage de notre guide. Il répondit :

— J'étais de garde à ce moment-là. Mes collègues étaient déjà sur la rivière avec des clients qui avaient réservé à l'avance. Si j'ai pu vous emmener, c'est parce qu'il y avait une annulation de dernière minute et que ça libérait un raft. Je n'ai informé personne de notre départ, je vous le jure. J'ai juste consigné notre sortie sur le registre. C'est une mesure de sécurité de routine, pour le cas où nous ne serions pas revenus.

— Je ne doute pas de ta parole, lui dis-je. De toute façon, même si tu avais parlé, tu n'aurais rien fait de mal. Nous examinons seulement les faits pour en déduire qui a pu saboter le canot.

— Je sais bien, fit Byron. Vous avez une idée ?

Je me tournai vers George et Ned :

— Et Margaret ? Et Nick ? Vous les avez vus, ce matin ?

— Ils n'étaient pas là, répondit George.

Ned me décocha un coup d'œil vif et alerte, qui me rassura sur son état.

— Bess ? s'enquit-il.

— Elle aurait pu l'apprendre à Nick au Cliff-Hanger... mais à condition de le savoir ! Or, j'étais loin de me douter que nous partirions faire du rafting avant de vous croiser devant l'auberge... Du coup, je ne lui ai rien dit ! Oh, mais, à propos ! Ned, tu m'as téléphoné au Red Horse pour me prévenir, non ? As-tu mis Earl Haskins au courant ?

Il secoua la tête :

— J'ai juste demandé si tu étais là, et il m'a répondu que tu étais en route pour Moab. Point final. Je n'avais aucune raison de mentionner notre excursion !

Je récapitulai mentalement toutes mes rencontres de la journée, et les conversations que j'avais eues. J'avais longuement discuté avec M. Littlewolf ; cependant je n'avais pas pu lui révéler notre équipée sur la Colorado River, car j'ignorais à ce moment-là que nous la ferions.

Soudain, je repensai à mon entretien avec M. Starflower.

— Minute ! m'exclamai-je. Juste avant notre départ, j'ai appelé M. Starflower pour le tenir informé des progrès de mon enquête. Eh bien, je lui ai appris où nous allions. Il espérait qu'on trouverait Sasha, ou du moins une indication de l'endroit où elle peut être. Il m'a précisé aussi qu'il allait chez Littlewolf's Antiques pour questionner Andy. Il savait que sa fille et lui étaient amis.

— Crois-tu qu'il lui a parlé de notre projet ? me demanda Ned.

– C'est possible. Je lui poserai la question quand il reviendra. En tout cas, si M. Littlewolf l'a su, il a pu prévenir Margaret. Les choses ont pu se dérouler de cette manière…

Byron intervint, l'air dérouté:
– Je ne suis pas sûr de comprendre… Quelqu'un savait que vous alliez sur le fleuve, et il a voulu vous nuire, c'est ça ? Ce n'est pas réjouissant !

C'était le moins qu'on puisse dire… Pendant que nous empaquetions des provisions pour notre incursion à l'intérieur des terres, je glissai le canif dans ma poche: c'était une preuve; de plus, il pouvait s'avérer utile. Après tout, nous étions à Canyonlands, un désert impitoyable.

– Prêts ? s'enquit Byron en faisant glisser sur ses épaules un sac à dos et en ajustant ses lunettes de soleil. Alors, descendons vers l'aval. La piste n'est pas très loin.

Nous le suivîmes le long du rivage, qui dominait une impressionnante étendue d'eau bouillonnante. Nous avions une sacrée chance d'avoir échappé au fleuve; sinon, déchiquetés, nous aurions servi de nourriture aux poissons ! Mais, de là où nous étions, les rapides étaient magnifiques: ils dévalaient entre les rochers dans un incessant nuage d'écume.

Nous arrivâmes bientôt à une piste qui

s'écartait de la rivière, et je sortis la carte de Missy. Elle avait dessiné une courbe du fleuve, et une arche de roche rouge marquant l'entrée du chemin à suivre. Or, cette arche était bien là, droit devant nous ! Missy n'était finalement pas aussi mauvaise cartographe que je l'avais supposé...

Nous franchîmes l'arche, qui donnait sur un canyon envahi de formations rocheuses extraordinaires.

— Ce secteur du parc national me fait penser au Grand Canyon, fit Byron. En plus joli. Il n'y a pas beaucoup de touristes, ici. On se sent loin de tout, et j'aime ça.

Il nous désigna un lapin bondissant dans les broussailles, un petit oiseau brun perché sur un pin et un crotale. Ce dernier était heureusement à plus de dix mètres de nous ; dès que nous entendîmes le crépitement de ses sonnettes, nous nous éclipsâmes sans faire de bruit.

— Regardez ça, nous dit Byron au bout d'une dizaine de minutes. À votre avis, à quoi correspondent ces empreintes ?

Ned, George et moi examinâmes les traces qu'il nous montrait, marquant la terre rouge et meuble. Nous voyant perplexes, Byron nous apprit :

— C'est un coyote.

J'eus un frisson : Sasha avait peut-être été blessée par un animal sauvage…

– J'ai une de ces soifs ! soupira George, s'abreuvant à sa bouteille.

Nous nous sentions desséchés et, à intervalles réguliers, nous buvions et nous grignotions des fruits secs salés. Pour oublier la chaleur écrasante, je contemplais les longues bandes colorées qui s'étageaient sur les parois du canyon.

– Pourquoi y a-t-il des couleurs différentes ? demandai-je.

– Chacune d'entre elles correspond à une ère géologique de plusieurs millions d'années, expliqua Byron. Ah, vous avez vu ? Il y a des pétroglyphes, là !

Je plissai les yeux pour mieux voir : il y avait un bison et des figures humaines.

– Passe-moi ton croquis, que je me repère, enchaîna-t-il.

Je lui remis le dessin de Missy, et il déclara après l'avoir examiné :

– Nous sommes à l'endroit marqué d'un X.

Je regardai la carte par-dessus son épaule. En effet, Missy avait placé son X près des pétroglyphes.

Nous nous mîmes à chercher des indices – derrière les buissons, sous les pierres, partout. Mais nous eûmes beau nous échiner, nous ne trouvâmes absolument rien qui pût révéler le passage de Sasha dans ces lieux. Cependant, je savais qu'il ne fallait pas se fier aux apparences...

– C'est ici que Missy a *vu* Sasha pour la dernière fois. Or nous savons que Sasha est allée *ailleurs*, intriguée par un bruit, soulignai-je.

Je scrutai le canyon. Un sentier étroit, à peine visible dans les herbes sèches, grimpait en serpentant sur une paroi. Était-il possible que Sasha l'ait emprunté ? Il fallait que je sache !

– Je reviens tout de suite, annonçai-je en me dirigeant là-bas.

– Nancy ! Où vas-tu ? me lança Ned, alarmé.

– J'essaie de reconstituer les actions de Sasha. Je suppose qu'elle a remonté ce chemin. Il n'y a pas d'autre voie pour continuer. Ne t'inquiète pas, je resterai à portée de voix.

Ned et George me connaissent trop bien pour essayer de me retenir quand je suis sur une piste. Je m'engageai donc sur le sentier, qui n'était pas trop abrupt. Après quelques tours et détours, il disparaissait dans la broussaille et les roches. Levant la tête, j'aperçus une faille intéressante dans la falaise. Était-ce une grotte ?

Je bifurquai vers elle pour en avoir le cœur

net. En effet, il y avait là une petite excavation d'à peine un mètre et demi de profondeur. Au fond, je vis un bloc qui ne semblait pas à sa place : on aurait dit que quelqu'un l'avait mis là.

Je l'examinai avec curiosité, tous mes sens en alerte. Il y avait quelque chose de caché dessous, j'en aurais juré !

Je poussai le rocher, qui roula assez facilement, révélant une cache naturelle, pleine de fragments de céramique. Ce qui retint surtout mon attention, cependant, ce fut un morceau de papier gisant à terre, à moitié dissimulé par un amas de glaise. Un papier à en-tête.

Je le ramassai. Le nom et l'adresse d'Andy Littlewolf me sautèrent aux yeux, écrits en caractères d'imprimerie gras et noirs.

10. Le désert joue des tours

Je dépliai le feuillet. Certains mots étaient à demi effacés, et on avait arraché un bon tiers de la page, mais je compris l'essentiel. C'était une lettre d'Andy Littlewolf, adressée à quelqu'un dont le nom et les coordonnées avaient sans doute figuré sur le fragment manquant. M. Littlewolf racontait une légende de la mythologie hopie :

« Cette légende s'appelle "La vengeance de Blue Corn Ear Maiden" – la jeune fille aux épis de maïs bleus –, et voici ce qu'elle dit : Il était une fois Blue Corn Ear Maiden et Yellow Corn Ear Maiden – la jeune fille aux épis de maïs jaunes –, toutes deux amoureuses du même homme. Épis-Jaunes changea sa rivale en coyote, qui fut capturé et conduit à la Femme Araignée, un puissant esprit. La Femme Araignée rendit son apparence humaine à Épis-Bleus et lui indiqua de quelle manière elle pouvait se venger d'Épis-Jaunes. Épis-Bleus retourna dans son village et feignit d'être amicale avec sa rivale. Elles firent pousser ensemble du maïs et allèrent chercher de l'eau. Épis-Bleus remplit son récipient, que lui avait donné la Femme Araignée, et l'eau s'irisa de couleurs magiques de l'arc-en-ciel. Curieuse, Épis-Jaunes en but, et fut instantanément transformée en serpent. À dater de cet instant, sa vie fut une épreuve. Ceux de son peuple se détournèrent d'elle, car ils la prenaient pour un reptile. »

Le reste de la lettre n'était qu'une suite de taches illisibles, peut-être provoquées par la pluie ou la rosée. Je parvins pourtant à déchiffrer les derniers mots délavés : « Cordialement, Andy ».

Je poussai un soupir. Comment savoir à qui M. Littlewolf avait écrit ? J'examinai les tessons et, tandis que je balayais la caverne du regard, je me dis que Sasha était peut-être venue ici, et qu'elle était tombée sur M. Littlewolf. Si c'était le cas, lui avait-il fait du mal ? Mais pourquoi aurait-il voulu l'enlever, ou lui nuire ?... Peut-être l'avait-elle surpris en train de commettre un acte illicite, comme de voler des artefacts indiens ?

J'avalai un peu d'eau tout en réfléchissant. Était-il illégal, pour un Indien, d'emporter des objets provenant de cet endroit ? Je n'en étais pas certaine. Par contre, je pouvais toujours demander à M. Littlewolf à qui il avait adressé cette lettre... Je l'empochai avec satisfaction. C'était un indice de taille dans cette affaire ! Il laissait supposer que Sasha n'avait pas été la proie d'un animal sauvage. Ce feuillet lui appartenait peut-être...

Je crapahutai jusqu'à l'endroit d'où je venais, en prenant soin de ne pas dévaler la falaise dans ma hâte à montrer ma trouvaille à mes amis.

— M. Littlewolf habite dans une zone rurale de Monument Valley, dis-je à Byron lorsque tout le monde eut lu la missive. C'est loin ?

— À deux heures de route au sud de Moab, dans la réserve des Navajos.

J'échangeai un regard entendu avec Ned et George. Je ne voulais pas révéler mes projets à Byron. Mes amis me comprirent : nous allions nous rendre à Monument Valley dès que possible !

Après avoir cherché des traces de Sasha pendant quelque temps encore, nous retournâmes jusqu'au fleuve. Byron appela un de ses collègues avec son mobile, pour qu'on vienne nous prendre avec un autre canot, et nous fûmes rentrés à Moab au coucher du soleil. Ayant remercié notre guide, nous téléphonâmes à Bess chez Cliff-Hanger, pour lui proposer de venir dîner avec nous à la « Tortilla qui rit ».

Lorsque nous nous retrouvâmes attablés, nous lui fîmes le récit de notre journée, et nous lui demandâmes comment s'était déroulée la sienne.

– Comment arrivez-vous à manger après avoir failli mourir noyés ? s'étonna-t-elle. C'est quand même dingue qu'on ait saboté votre raft ! Ce qui est sûr, c'est que ce n'est pas Nick. J'ai passé toute la journée avec lui.

Elle s'interrompit pour commander des tacos au poulet à la serveuse, puis enchaîna :

– Il ne fait aucun doute pour moi que Nick est innocent.

– Comme c'est surprenant ! ironisa George, sceptique. Il est super mignon et tu lui plais, alors, évidemment, tu le juges inoffensif.

– Tu es injuste ! protesta Bess. Si j'avais la moindre raison de penser que Nick est coupable, je le reconnaîtrais. Je veux retrouver Sasha, tout comme vous ! Mais je vous assure qu'on ne peut rien relever contre lui. Enfin quoi, ce n'est pas un crime d'être l'ex-copain de Sasha !

Je réfléchis à ce qu'elle venait de dire et me rangeai à son avis. Pourquoi ? Elle était restée avec Nick toute la journée, il n'avait donc pas eu la possibilité de saboter notre canot. De plus, il n'était même pas au courant de nos projets.

– Ce qui vous intrigue, poursuivit Bess, ce sont les traces de poussière sur la chemise de Nick, et la raison pour laquelle il s'est énervé. Eh bien, j'ai une explication : Nick souffre encore de sa rupture avec Sasha, alors, dès qu'il est question d'elle, il pète les plombs.

George fronça les sourcils. Quelquefois, elle ne passe rien à sa cousine, et je vis que c'était un de ces moments-là.

– Ça n'explique toujours pas la poussière sur sa chemise, fit-elle observer. Nick s'est mis dans tous ses états alors que personne n'avait mentionné Sasha.

– Nick prend le vélo très au sérieux et il n'aime pas faire de chutes, dit Bess. Bon, d'accord, il a un caractère de cochon ; mais il est incapable de nuire à quelqu'un.

Elle nous regarda d'un air presque implorant et s'exclama :

– Pour aujourd'hui, il a un alibi en béton :

moi ! Qu'est-ce qu'il vous faut de plus ?

George ouvrit la bouche, s'apprêtant à objecter de nouveau. Je jugeai bon d'intervenir. Je dois parfois les rappeler à l'ordre quand elles s'asticotent un peu trop !

— Eh bien, je vais te surprendre, Bess, fis-je, mais je suis d'accord avec toi. Tes conclusions me semblent tout à fait crédibles.

Son visage s'éclaira, et elle s'exclama en décochant un regard railleur à George :

— Ah ! Je savais bien que tu me donnerais raison, Nancy !

— Soit, oublions Nick pour le moment, céda Ned, et examinons les autres suspects.

— Missy et Margaret ? reprit Bess. Elles ne seraient pas en mesure de commettre un acte criminel, même si leur vie en dépendait ! D'ailleurs, pourquoi voudraient-elles faire du mal à Sasha ?

— Comme je l'ai déjà suggéré, elles ont pu provoquer un accident sans le vouloir, et paniquer en voyant que Sasha était blessée. Alors, maintenant, elles le dissimulent pour se couvrir.

— C'est possible, admit Bess. Mais est-ce qu'elles savaient que vous iriez faire du rafting ?

— Margaret a pu l'apprendre par Andy Littlewolf, remarquai-je. À condition que M. Starflower ait fait part de notre projet à celui-ci.

J'ai essayé de lui téléphoner tout à l'heure pour savoir s'il en avait informé quelqu'un, mais je n'ai pas réussi à l'avoir.

— Il y a beaucoup de « si » dans tout ça ! s'exclama George.

Elle me demanda de rapporter de nouveau ma conversation avec M. Littlewolf. Lorsque j'eus fini, elle commenta :

— Si tu veux mon avis, c'est *lui* le suspect numéro un ! Il était l'ami de Sasha ; il a été muet comme une carpe quand tu l'as interrogé sur elle ; et il a pu apprendre notre équipée en canot par M. Starflower. En plus, tu as trouvé sa lettre à l'endroit où on a aperçu Sasha pour la dernière fois.

— Nous ignorons si elle était adressée à Sasha, soulignai-je.

— N'empêche que c'est une lettre *de lui*, et c'est important, répliqua George.

Je haussai les épaules. Le destinataire de la lettre était tout aussi important, selon moi. Cependant, George avait raison : Andy Littlewolf faisait un excellent suspect !

— Nous irons chez lui, à Monument Valley, dès demain matin, et nous aviserons. S'il est occupé dans sa boutique, ici, à Moab, ça nous fera une occasion en or de visiter sa maison pour chercher des indices.

— Des indices ? s'écria Bess. J'espère bien qu'on trouvera Sasha en personne !

— Quel paysage inouï ! C'est vraiment fantastique ! souffla George, au volant, alors que nous roulions vers Monument Valley à travers la plaine désertique cuite par le soleil.

Il était onze heures du matin, nous étions seuls sur la route, et, en effet, le panorama était spectaculaire. On avait l'impression d'avoir pénétré dans un univers parallèle, peuplé non pas de gens, mais de rochers. Des rochers tout à fait étranges. Des plateaux et des mesas s'étendaient à perte de vue, colorés d'étonnantes nuances de rouge, de brun et d'orangé. L'érosion y avait sculpté une infinité de formes biscornues, qui semblaient avoir été conçues par le plus imaginatif et le plus délirant des artistes.

— Et si Littlewolf est chez lui ? lança Ned, m'arrachant à mes réflexions.

— Du calme ! On téléphonera à sa boutique pour s'assurer qu'il est sur place. De toute façon, tu n'as pas à t'inquiéter : je trouverai bien le moyen de me faufiler chez lui, même s'il y est.

Tout en enfilant un sweat-shirt pour atténuer l'effet réfrigérant de l'air conditionné, Ned me lança un sourire ironique :

— Me voilà rassuré, Nancy !

Il ajouta aussitôt :

— C'est exactement ce que je craignais…

Je souris jusqu'aux oreilles : j'adore quand il se fait de la bile pour moi. Je dois reconnaître que ma curiosité m'a souvent amenée à me fourrer dans des situations à donner la chair de poule ! Si je n'avais pas la passion des énigmes à résoudre, l'existence de Ned serait beaucoup moins stressante. Mais ma personnalité serait très différente aussi, et je ne crois pas que ça lui plairait…

Soudain, mon attention fut attirée par un rocher, sur notre gauche, qui ressemblait à un sombrero.

— On comprend tout de suite pourquoi la prochaine agglomération s'appelle Mexican Hat – Chapeau Mexicain –, commenta Bess, qui consultait la carte routière. Ces rochers ont des formes marrantes !

— Mexican Hat… C'est là que commence le site de Monument Valley, non ? fit George. J'ai vu ça quand j'ai étudié la carte.

La veille au soir, en me préparant à notre voyage, j'avais lu dans notre guide touristique la présentation de Monument Valley. Beaucoup de westerns y ont été tournés, en particulier avec John Wayne. Il y avait au Gouldings, un hôtel navajo, un petit musée qui retraçait pour les visiteurs tous les tournages réalisés sur le site. Mais nous n'aurions sans doute pas le temps de le visiter. Notre but était de retrouver Sasha !

— Hé, il est presque midi, annonça Ned en regardant sa montre. Je commence à avoir la dalle ! Je n'ai aucune envie d'explorer la maison de Littlewolf l'estomac vide.

— Arrêtons-nous au Gouldings pour déjeuner, suggérai-je.

J'expliquai à mes amis que le Gouldings était un complexe hôtelier dirigé par les Navajos, qui comprenait une cafétéria, un musée et une boutique de souvenirs. Bess s'anima soudain :

— Je n'ai pas très faim. Je vais d'abord faire du shopping pour me mettre en appétit. Je jette juste un petit coup d'œil dans la boutique pendant que vous demandez la direction de la maison de M. Littlewolf, OK ? Et n'oubliez pas de téléphoner à Moab, pour être sûrs qu'il est là-bas !

Nous entrâmes au Gouldings, une construction perchée sur un à-pic surplombant le territoire navajo. Le panorama était époustouflant. J'eus la sensation d'être déjà venue là – sans doute à cause des westerns que j'avais vus.

— Ah, voilà le magasin ! s'exclama Bess, très excitée. À plus !

Comme les cabines téléphoniques étaient occupées, nous rejoignîmes Bess. Je fus fascinée par les objets confectionnés par les Navajos. Alors que je m'approchais d'un comptoir pour admirer leurs bijoux, je m'immobilisai tout net, figée de surprise. Une femme aux longs cheveux grisonnants, en jupe mexicaine, s'adressait à la vendeuse. On aurait dit *Margaret Powell* !

Je m'avançai : c'était bien Margaret. Elle tendait un bijou à la vendeuse pour que celle-ci l'examine. La bague de Sasha !

— J'aimerais vendre cet anneau, dit-elle. Combien m'en donnez-vous ?

11. Enlèvement

Je décochai un coup de coude à George.
— Tu vois qui je vois ? lui chuchotai-je.
— Et comment ! marmonna mon amie, visiblement scandalisée.
— Je vais la cuisiner un peu, dis-je.
Je gagnai le comptoir, suivie par George. Ned était plongé dans l'examen des pointes de flèches, et Bess essayait des mocassins.
— Salut, Margaret ! lançai-je.
Elle fit volte-face et, refermant prestement ses doigts sur la bague pour la dissimuler, elle lâcha :
— Ah, tiens ! Bonjour, Nancy ! Bonjour,

George. Quel vent vous amène à Monument Valley ?

Elle sourit, mais je vis bien que sa jovialité n'était pas sincère.

— J'allais vous poser la même question, fis-je.

— Eh bien... je suis ici pour affaires.

— Qu'est-ce que vous tenez dans la main ? demanda George avec son culot habituel.

Margaret gloussa :

— Mais rien, rien du tout ! Je suis ici pour affaires, je le répète.

— Vous avez la bague de Sasha, je l'ai vue, déclarai-je.

Cessant aussitôt de sourire, elle ouvrit les doigts. La turquoise brilla au creux de sa paume.

— Comment ça, la bague de Sasha ? demanda-t-elle, rembrunie.

Et elle approcha le bijou de ses yeux comme si cela avait pu lui apprendre le nom de sa propriétaire.

— Qu'est-ce qui te fait dire qu'elle lui appartient ? insista-t-elle.

— Je l'ai vue à son doigt.

— Vraiment ? fit Margaret en maniant machinalement les perles de son sautoir. Je ne me doutais pas que c'était à elle.

J'examinai Margaret d'un air songeur. Elle était couverte de bijoux navajos, en argent et turquoise. J'avais du mal à croire qu'elle n'ait pas été frappée par la bague que portait Sasha !

— Vous avez passé tout un après-midi avec elle à Canyonlands, vous avez forcément remarqué ce bijou, insistai-je.

— Eh bien, maintenant que tu le dis... Je me rappelle que Sasha en avait une dans ce genre.

Elle tourna la pierre vers la lumière pour mieux l'observer, et reprit :

— Mais comment peux-tu affirmer que c'est la même ?

Cette interrogation me donna à penser. Pourtant, j'étais sûre qu'il s'agissait de l'anneau de Sasha ! La taille, l'ovale, et la couleur de la pierre étaient identiques. Et la monture en argent présentait le même travail en filigrane. De plus, je l'avais vue au doigt de la propre fille de Margaret, et elle avait admis qu'elle appartenait à Sasha. Mais je n'allais pas révéler ce fait ! Je voulais tester Margaret.

— Ma foi, répondis-je, c'est une pierre qui attire l'œil... unique en son genre... De qui la tenez-vous ?

Bess et Ned nous avaient à présent rejointes, et j'attendis avec curiosité la réaction de Margaret. Allait-elle se montrer franche ? Si elle mentait sur ce point, il y aurait lieu de se méfier de tous ses autres propos.

— D'où je la tiens ? fit-elle de sa voix frêle. C'est Missy qui me l'a remise. Elle me doit de l'argent pour les promenades à cheval et les bains traitants qu'elle a pris au Red Horse Ranch.

Tiens ! Pour le moment, elle disait la vérité.

— Si je comprends bien, elle vous a donné cette bague à la place de l'argent ? voulus-je savoir.

— Elle manquait de liquide, ne me demandez pas pourquoi. Dieu sait que son père lui en verse plus qu'il n'en faut ! Toujours est-il qu'elle n'avait pas assez d'argent sur elle, et elle a suggéré que je vende ce bijou.

— Et elle ne vous a pas dit qu'il ne lui appartenait pas ? Qu'elle n'avait pas le droit d'en disposer ? lança George.

— Oh non, affirma Margaret d'un air grave. Elle a prétendu que c'était le cadeau d'une amie navajo, et qu'il valait sans doute une petite fortune. Elle a affirmé que je gagnais au change, vu que j'en tirerais beaucoup plus qu'elle ne me devait. Alors, j'essaie de l'écouler.

— Vous feriez mieux de rendre cette bague aux parents de Sasha, lui conseillai-je. Elle est à eux, en attendant le retour de Sasha, bien sûr.

Margaret fronça les sourcils :

— C'est ce que je dois faire, à ton avis ? Bon, d'accord.

Elle se tourna vers la vendeuse pour lui dire qu'elle renonçait à se séparer du bijou, et s'excusa de l'avoir sollicitée pour rien. Comme elle allait partir, je la retins : je n'avais pas fini !

— Vous connaissez Littlewolf's Antiques ?

— L'antiquaire de Moab qui se trouve près du Ranger Rose ? fit-elle. J'y suis passée hier.

— Oui, je... je vous ai aperçue, biaisai-je, omettant de préciser que c'était Earl Haskins qui l'y avait repérée.

Comme elle ne le connaissait pas, cela l'aurait embrouillée. Et je tenais à ce qu'elle se concentre sur mes questions.

— Ah ? lâcha-t-elle, intriguée. Je ne t'ai pas remarquée.

— Oh, j'ai fait un petit tour très rapide. Tout était trop cher. Il est normal que vous ne m'ayez pas vue, vous parliez à M. Littlewolf. Vous lui avez acheté quelque chose ?

— Non. En réalité, j'ai essayé de lui vendre cette bague. Il était plus simple de traiter avec Andy que de me déplacer jusqu'ici.

— Et il ne l'a pas prise ? Pourquoi ?

— Parce qu'il ne vend que des antiquités, exception faite de quelques poteries et kachinas hopies, expliqua Margaret. Il m'a suggéré de venir ici.

— Vous voulez le numéro de téléphone des Starflower ? proposai-je. Ils seront très contents de récupérer ce bijou.

— Oui, bien sûr, merci, murmura Margaret pendant que je griffonnais le numéro sur un bout de papier.

Elle le glissa dans son sac et alla examiner les tapis et les paniers tandis que, de notre côté, nous nous hâtions de gagner la cafétéria.

— Qu'est-ce que vous en dites ? lança Ned une fois que nous fûmes attablés. L'histoire de Margaret tient debout, à votre avis ?

— Eh bien, elle est plausible, admis-je.

Je n'en revenais pas de trouver logique la version de Margaret. C'était pourtant le cas ! J'attendis que nous ayons passé notre commande pour continuer :

— Au moins, elle n'a pas menti sur la façon dont elle s'est procuré la bague. Si elle avait été complice de Missy, elle aurait triché pour la protéger. Or, elle a reconnu que sa fille la lui a donnée. Cela prouve qu'elles n'ont pas comploté ensemble pour s'emparer du bijou.

On nous servit les tacos navajos, et nous mangeâmes un instant en silence. George finit par observer :

— Soit, Margaret n'a pas menti sur la bague. N'empêche... Ça ne démontre nullement qu'elle et Missy n'ont pas enlevé Sasha pour un autre motif !

— Oui, mais pourquoi auraient-elles cherché à lui nuire ? s'interrogea Bess. D'ailleurs, Margaret est bien trop déjantée pour organiser un kidnapping. Et Missy n'est qu'une égocentrique.

— Elles ne lui ont pas forcément fait du mal *à dessein*, comme Nancy l'a déjà suggéré, intervint Ned. Elles essaient peut-être de dissimuler un accident.

Je lui lançai un regard reconnaissant. J'adore qu'il retienne mes hypothèses et les prenne en compte ! Pourtant, je m'efforçai quand même de reconstituer ce qui avait pu se produire à Canyonlands si Margaret et Missy n'étaient pas impliquées dans la disparition de Sasha...

Quand Sasha était allée voir ce qui avait provoqué le bruit entendu, quelqu'un avait pu l'attraper dans la grotte – peut-être parce qu'elle avait surpris un vol. Missy et Margaret, qui ne brillaient pas par leur sagacité, n'avaient pas pris garde aux indices susceptibles d'aiguiller la police... Oui, ce scénario me semblait plus que vraisemblable, et Andy Littlewolf se présentait décidément comme le suspect numéro un !

Après notre déjeuner, je passai deux coups de fil. Le premier à M. Starflower, qui me confirma qu'il avait parlé de notre excursion en raft à M. Littlewolf; et le deuxième à Littlewolf's Antiques. J'eus le répondeur, précisant que la boutique était ouverte ce jour-là, que M. Littlewolf était occupé, et priant de laisser un message. Je m'empressai de raccrocher, afin de demander au réceptionniste du Gouldings les indications pour se rendre à l'adresse qui figurait sur l'en-tête de la lettre.

Quand nous arrivâmes devant le hogan de M. Littlewolf – une petite construction circulaire en bois et en terre, typiquement navajo, je me réjouis de constater qu'il n'y avait aucune voiture dans l'allée.

– J'espère que ce n'est pas fermé à clef, dis-je.

N'allez pas croire que je suis incapable de grimper à une fenêtre pour parvenir à mes fins dans une enquête, je l'ai fait en plusieurs occasions ! Mais à quoi bon chercher la difficulté si on peut l'éviter ?

Ce fut George qui poussa la porte.

– Bingo ! s'exclama-t-elle. Pas besoin de forcer la serrure pour fouiner sans y être invités.

— Je ne fouine jamais ! répliquai-je avec un large sourire. Je me documente. Nuance !

— Appelle ça comme tu voudras, dit Bess alors que nous emboîtions le pas à George.

Le hogan de M. Littlewolf était très bien rangé. Trop bien, même. Nous n'y vîmes aucun objet pouvant appartenir à Sasha. Nous découvrîmes quelques livres, des paniers navajos sur une table basse, un canapé impeccable, une cuisine dont le réfrigérateur ne contenait presque pas de nourriture, et un lit fait au carré.

— C'est dingue ! m'exclamai-je avec frustration. Tout ce chemin pour rien !

Même si Sasha n'était pas enfermée ici, j'avais espéré dénicher un indice significatif. J'examinai le contenu d'un ou deux tiroirs : il n'y avait dedans que des objets sans intérêt, tels que des outils et des torchons.

— Il doit garder tous ses documents dans sa boutique, dis-je.

Soudain, mon regard tomba sur une table à demi dissimulée par la porte d'entrée rabattue. Elle était couverte de papiers. Je pris le feuillet plié qui se trouvait au sommet de la pile.

C'était une simple note, mais c'était mieux que rien !

— Hé, vous avez vu ? lançai-je. Une lettre adressée à Andy Littlewolf, à sa boutique, confirmant une réservation pour ce soir au Centre Culturel Hopi. Ce n'est pas grand-chose, mais...

– ... j'en conclus que nous ne sommes pas au bout de nos peines, enchaîna Bess. Il se trouve où, ton centre culturel hopi ?

Je ne pus retenir un sourire. Bess ne me connaît que trop bien ! Je tenais enfin un fil conducteur, si ténu qu'il soit, et il était hors de question que je n'essaie pas d'en tirer quelque chose alors que Sasha était toujours portée disparue !

– Aucune idée ! répondis-je. La réserve des Hopis se trouve au nord de l'Arizona. Si on téléphonait pour avoir une précision ? Il y a un numéro sur ce courrier.

Sitôt dit, sitôt fait ; et je ne tardai pas à annoncer à mes amis :

– C'est à peu près à trois heures de route. Alors ?...

– Nous venons avec toi, Nancy, déclara Ned, approuvé par George et Bess.

Décidément, j'ai des amis fabuleux !

– Écoutez, repris-je pour les mettre en garde, je ne m'attends pas à une découverte miracle. M. Littlewolf se rend sans doute chez les Hopis afin de leur acheter des objets pour sa boutique. Mais il se peut aussi que le motif de sa visite soit différent. Ça ne mange pas de pain de vérifier... même si c'est juste une intuition.

– Tes intuitions sont toujours géniales, Nancy ! commenta gaiement Bess. Et si celle-ci nous conduit à Sasha, il m'est bien égal de rouler pendant des heures.

– Si elle ne nous mène nulle part, on aura perdu notre journée, soulignai-je.

– Qui ne tente rien n'a rien, fit George. Nancy... je peux te poser une question très terre à terre ? Il est presque quatorze heures, alors, si la réserve des Hopis est à trois heures d'ici, on ferait mieux de réserver des chambres pour la nuit, non ? On ne pourra jamais rentrer à Moab ce soir.

– De toute façon, répondis-je, puisque Andy Littlewolf passe la nuit là-bas, nous resterons aussi. Nous devons aller au bout de notre enquête.

J'utilisai le téléphone de la cuisine pour appeler le centre culturel en débitant l'appel sur ma carte bancaire – c'était bien de moi, d'oublier mon mobile ! Je retins deux chambres, et nous sautâmes dans la voiture pour nous diriger vers l'Arizona.

La réserve des Hopis se trouvait dans une région très reculée, tout au nord du Désert Peint. Il n'y avait pas d'étonnantes formations rocheuses, comme dans l'Utah. Le paysage était plus plat et plus dénudé. Plus pauvre aussi. J'eus de la peine pour ceux qui vivaient là, et qui avaient sans doute du mal à tirer leur subsistance d'une terre aussi aride.

– On se croirait dans un autre pays, commenta Ned.

– C'est le cas, dis-je. Nous sommes sur le territoire des Hopis. Ils ont leurs propres lois et leur propre police, tout comme les Navajos dans leur réserve. Nous venons d'entrer chez eux.

J'avais pêché toutes ces informations dans notre guide touristique pendant que Bess et George se relayaient au volant. Je m'empressai de refermer le bouquin lorsque nous approchâmes du centre culturel.

Nous y apprîmes qu'Andy Littlewolf ne s'était pas encore présenté à la réception.

– J'ai une idée, annonçai-je. Si on visitait Walpi, en attendant ? Selon le guide, c'est le plus vieux village d'Amérique. Il date de plus de mille ans, alors ce doit être intéressant, non ? C'est tout près d'ici.

Bess, George et Ned furent d'accord, et, un instant plus tard, nous grimpions par une route sinueuse jusqu'au village perché sur une mesa voisine.

– Je n'ose pas regarder, dit Bess en se couvrant les yeux tandis que notre voiture serpentait sur la voie étroite longeant le précipice.

Une fois que nous eûmes atteint le sommet, nous découvrîmes une vue spectaculaire. Ned commenta pendant que nous descendions de voiture :

– On se croirait dans une cité médiévale ! Presque dans une forteresse, avec tous ces murs de pierre.

– Ils disent dans le guide que les Hopis ont réussi à survivre ici grâce au fait qu'ils pouvaient voir venir leurs ennemis, exactement comme dans les places fortes du Moyen Âge en Europe.

– Regardez tous ces chiens ! s'écria soudain Ned.

Une meute de chiens misérables venait vers nous. Il se pencha pour caresser un bâtard noir et blanc à l'air amical.

– On dirait qu'ils sont galeux, observa Bess.

Une petite femme hopie, dont la jupe brodée dansait autour d'elle, nous salua en souriant.

– Soyez les bienvenus ! Mais ne touchez pas les animaux, surtout. Ils peuvent être porteurs de la peste.

– P-pardon ? balbutia Ned, effaré, en regardant sa main. La p-peste ?

— Oui, les chiens ont des puces, qui transmettent la peste, par ici. Filez vous laver les mains, jeune homme. Il y a des toilettes à l'Office du tourisme.

Elle nous y conduisit. Devant le bâtiment, des kachinas et des poteries étaient disposées sur des tables. Sans leur accorder un coup d'œil, Ned se rua vers les lavabos.

Je m'intéressai aux Indiens qui sculptaient des kachinas près de l'étalage. Ils bavardaient gaiement, l'air heureux de travailler ensemble. Les Hopis paraissaient très soudés, en dépit de leur pauvreté. J'avais lu qu'ils attachent une grande importance à leurs croyances et que, s'ils restent secrets sur leur spiritualité, ils sont bons et accueillants. Leur nom, Hopis, les « Pacifiques », me semblait tout à fait approprié.

— Vous vous souvenez de ce que nous a dit Nigel Brown, l'ami des Starflower? murmurai-je à Bess et à George. La filiation se fait par la mère, et non par le père, chez eux.

— Ça signifie que je porterais le nom de ma mère, et pas celui de mon père, si j'étais une Hopie? me demanda Bess.

— Je crois, répondis-je.

Ned nous rejoignit pendant que nous achetions des poteries et des kachinas. L'une de ces dernières représentait une belle jeune fille dont les cheveux tressés étaient ramassés en macarons au sommet de la tête, lui donnant une vague ressemblance avec Mickey. Elle était vêtue de mocassins blancs et souples, de bas et d'une robe tissée. Lorsque je la pris pour mieux la voir, le vieil homme qui vendait les kachinas me dit que c'était une jeune fille de neige.

Suivant mon instinct, je lui parlai des jeunes filles aux épis de maïs et de la légende racontée par Andy Littlewolf dans sa lettre.

— Oui, c'est bien un mythe hopi ! s'écria-t-il. Nos poteries représentent souvent les jeunes filles aux épis de maïs. J'en ai d'ailleurs une ici.

Il sortit de sous la table une poupée parée d'un masque vert, avec un arc-en-ciel peint sur chaque joue. Elle avait une frange et de longues nattes ; des épis de maïs étaient sculptés au bas de son châle.

Je pensai à la passion de Sasha pour les Anasazis. Si la lettre lui avait été destinée, c'était peut-être parce qu'Andy Littlewolf et elle portaient le même intérêt à la culture de cet antique peuple indien.

— Est-ce que cette légende hopie n'était pas à l'origine un conte anasazi ? demandai-je au vieil homme.

— Je ne sais pas, me dit-il. Peut-être.

Du coin de l'œil, je vis que Ned s'éloignait pour explorer le village. Il faisait chaud, et il avait ôté son sweat-shirt pour le nouer autour de sa taille. Il se pencha par-dessus le mur d'enceinte et jeta un coup d'œil sur la plaine en contrebas.

— Je n'aime pas ça, me dit Bess en me saisissant le bras. Rien que de le voir, j'ai le vertige. S'il se penche encore un peu, il tombera.

À cet instant, Ned quitta son poste et tourna à l'angle d'une maison. Le vieil homme me montrait une autre kachina quand un cri me fit sursauter. C'était Ned !

J'échangeai un regard interdit avec mes amies, tout aussi stupéfaites que moi. Ned hurla encore, lançant mon nom.

Je me précipitai vers l'endroit où je l'avais vu disparaître. Je m'immobilisai en pleine course, médusée par ce que je voyais : à l'autre bout du village, où la route descendait à flanc de coteau, une berline rouge roulait à pleins gaz ; la manche du sweat-shirt de Ned flottait au vent, coincée dans la portière arrière !

Quant à la figure haute du conducteur, je l'aurais reconnue entre mille : c'était Andy Littlewolf !

12. Danger !

M. Littlewolf n'était pas seul. Il y avait un autre homme sur le siège arrière. Si je ne voyais que sa tête, j'étais pourtant sûre qu'il ne s'agissait pas de Ned. Mon copain avait une plus haute stature quand il se tenait assis. Or, Ned était forcément *quelque part* dans cette voiture, puisqu'on voyait pendre son sweat-shirt à la portière !

La berline dévalait la pente à toute vitesse, prenant chaque virage en épingle à cheveux sur les chapeaux de roues. Je courus pour tenter de lire le numéro d'immatriculation. Peine perdue !

— Bess ! George ! appelai-je à pleins poumons en faisant volte-face.

Je vis alors qu'elles m'avaient suivie. Bess lança :

— On est là !

Je me ruai vers l'étalage de souvenirs que j'avais dépassé en tournant à l'angle de la maison. Deux hommes, assis derrière, vendaient de l'artisanat hopi.

— Pouvez-vous me dire qui était dans cette voiture ? leur demandai-je.

Ils me dévisagèrent avec circonspection. L'un d'eux, un jeune homme fortement bâti, se décida :

— Je n'ai pas bien vu, la maison me bouchait la vue. Mais je crois que le Navajo était dedans. Je l'avais déjà remarqué.

— Oui, approuva son compagnon, plus âgé et plus mince. Il était avec l'homme blanc qui lui sert d'intermédiaire.

Je repensai à ma conversation avec Andy Littlewolf : je lui avais suggéré de recourir à un acheteur pour acquérir des objets hopis, et il m'avait dit qu'il en avait un. Qui pouvait bien être son négociateur ? Le Navajo s'était montré désagréable lorsque j'avais abordé cette question, et s'était gardé de citer un nom !

— Oui, un intermédiaire, continua le jeune

homme en hochant la tête. Le Navajo ne devait pas se sentir bienvenu, ici. Vous comprenez, nos deux tribus ne s'entendent pas très bien. Il a donc amené une personne neutre pour négocier ses achats. En tout cas, c'est ce qu'il m'a semblé. J'ai un peu entendu leur conversation.

– Ah ? fis-je avec avidité. Et qu'est-ce qu'ils racontaient ?

Le plus âgé des deux haussa les épaules :

– Pas grand-chose... Le Navajo disait à l'autre qu'il préférait passer la nuit chez lui.

J'eus un coup au cœur. Ainsi, Andy Littlewolf ne dormirait pas au centre culturel ! Comment allais-je retrouver sa trace et celle de Ned, alors ?

– A-t-il précisé où il comptait passer la nuit ? demandai-je.

– Au Thunderbird Lodge, dans le canyon De Chelly, répondit le plus jeune. Au cœur de la réserve navajo.

– Le Blanc aussi voulait aller au canyon De Chelly, intervint son compagnon. Il déclarait qu'il y avait un truc intéressant, là-bas, et qu'il voulait le montrer au Navajo.

«Tiens, tiens ! pensai-je. Quelque chose d'*intéressant* ? Dans un canyon ? »

– Quel truc ? m'enquis-je.

– Le Navajo a insisté pour savoir, mais

l'autre a refusé de le révéler, lâcha mon interlocuteur.

— Il ressemblait à quoi, ce type? se renseigna George.

Les deux Hopis s'entre-regardèrent, puis haussèrent les épaules de nouveau, et le plus âgé reprit la parole.

— Taille moyenne, fit-il, accompagnant ses paroles d'un geste. Entre deux âges, des cheveux courts, châtains, et des yeux clairs. Je ne l'avais jamais vu par ici.

— Vous avez entendu son nom? glissa Bess.

— Non, désolé, dit le plus vieux, tandis que le jeune secouait la tête.

Cherchant à glaner la moindre information, je revins à la charge:

— Ils ont ajouté autre chose? Ils vous ont acheté des kachinas?

— Ils les ont regardées, mais ils n'en ont pris aucune, dit le jeune. Ils se sont éloignés, et puis ils ont eu une violente dispute. Mais, d'ici, on ne distinguait pas les mots. Après ça, ils ont disparu derrière la maison. Quelques instants plus tard, j'ai entendu un cri, et le bruit d'une voiture qui s'éloignait à toute vitesse.

— Y avait-il quelqu'un avec eux? continuai-je. Un grand jeune homme brun d'une vingtaine d'années?

— Un Navajo ?

— Non, c'est un ami à nous. C'est lui qui a appelé. Nous pensons que les deux autres l'ont kidnappé.

Ils se dévisagèrent, choqués.

— Vous en êtes sûre ? s'exclama le plus âgé. Nous avons supposé que c'était un des hommes qui avait crié pendant leur dispute. J'ai même cru qu'ils en étaient venus aux mains. Alors, vous dites qu'ils ont enlevé votre ami ?

Je leur parlai du sweat-shirt de Ned, coincé dans la portière de la voiture.

— Il a hurlé mon nom, et puis on ne l'a plus entendu. Ils ont dû l'emmener de force, conclus-je. Mais je ne m'explique pas pourquoi ! C'est pour ça que je vous pose toutes ces questions.

Le vieux soupira avec compassion :

— Je voudrais pouvoir vous aider davantage ! Je téléphonerai à la police et je leur parlerai de la voiture rouge.

— Vous m'avez été d'un grand secours, déclarai-je avec un sourire reconnaissant. Je vous remercie de tout cœur. Au moins, je sais où ils vont, maintenant.

Ils nous indiquèrent comment gagner le canyon De Chelly.

— C'est en Arizona, à une heure de route

d'ici. Près de la frontière mexicaine, précisa le jeune.

Après les avoir remerciés une nouvelle fois, mes amies et moi repartîmes en toute hâte, roulant vers l'est tandis que le soleil déclinait derrière nous. Le ciel commençait à s'obscurcir.

— Que fait-on, pour notre chambre au centre culturel ? s'enquit Bess.

— On la paie, dis-je, vu qu'on s'est déjà présentés à la réception. Une chance qu'on n'ait pas de bagages, ça nous aurait obligées à revenir les chercher. Il n'y a pas une minute à perdre !

— Il faut suivre la piste d'Andy Littlewolf tant qu'elle est encore fraîche ! approuva George.

— Ned est costaud, repris-je. Ils ont dû le menacer avec une arme. Sinon, ils n'auraient jamais pu le forcer à monter dans leur voiture.

George se mit à gamberger :

— Il a peut-être surpris un secret. Où se trouve Sasha, par exemple...

Je m'étais justement demandé la même chose. Je m'interrogeais aussi sur ce que l'acolyte d'Andy Littlewolf avait déniché de si intéressant dans le canyon De Chelly. Était-ce Sasha ? Puis je songeai une fois de plus qu'ils étaient forcément armés, et appuyai sur l'accélérateur. Plus vite nous serions arrivées, plus vite nous obtiendrions les réponses.

George interrompit le cours de mes pensées :

— Les Hopis et les Navajos ne s'entendent pas, n'est-ce pas ? Alors, c'est peut-être la raison pour laquelle M. Littlewolf a donné son adresse à Moab quand il a réservé au centre culturel. Il ne voulait pas révéler son identité ethnique.

— Tu raisonnes remarquablement bien ! fis-je.

— J'ai été à bonne école, mademoiselle Nancy Drew ! me répliqua-t-elle comiquement.

Une heure plus tard, nous pénétrions dans l'allée d'accès du Thunderbird Lodge, un beau vieux motel dirigé par les Navajos, à l'entrée du canyon De Chelly. Au cours de notre voyage, Bess nous avait lu le passage de notre guide concernant le canyon. C'était, paraît-il, une belle oasis de verdure, et un lieu spirituel important pour les Navajos. On le visitait à cheval, à pied ou en 4 x 4. On y trouvait plusieurs sites troglodytes anasazis, et des pétroglyphes. Toutes ces curiosités devraient attendre : pour le moment, il faisait noir, nous étions affamées, et j'aurais donné n'importe quoi pour retrouver Ned !

En parcourant le parking du regard, nous ne repérâmes pas la berline rouge. Je descendis de voiture avec Bess et George, et, très inquiètes, nous nous précipitâmes à l'hôtel. Hélas, le réceptionniste nous préparait une déception : M. Littlewolf venait d'annuler sa réservation.

Cela signifiait par contre qu'elle était libre pour nous. Après avoir alerté la police navajo, qui nous promit de rechercher la berline des ravisseurs, nous mangeâmes sur le pouce. Une fois dans notre chambre, nous nous écroulâmes sur lit, trop épuisées et bouleversées pour faire autre chose que dormir.

Le soleil filtrait par la fenêtre lorsque je m'éveillai le lendemain matin. Cela me redonna un peu d'entrain. Nous avions du pain sur la planche ! Il y avait *deux* personnes évanouies dans la nature, maintenant, et l'une d'elles était mon copain ! J'appelai tout de suite la police pour avoir des nouvelles. Hélas, ils n'avaient trouvé trace ni de la berline rouge, ni de M. Littlewolf, de Ned, de Sasha ou du passager mystérieux.

Je raccrochai en soupirant : il fallait donc que je retrouve tout ce monde moi-même, avec l'aide de Bess et de George ! Je conçus aussitôt un plan d'action.

Après le petit déjeuner, nous nous apprêtâmes à explorer le canyon De Chelly. J'avais été frappée par les paroles du Hopi : le mystérieux inconnu y avait trouvé quelque chose d'intéressant qu'il voulait montrer à Andy Littlewolf. Mon intuition me soufflait que nous obtiendrions dans ce canyon les réponses aux questions qui nous tarabustaient.

Non sans nervosité, Bess me montra des photos affichées au comptoir des excursions :

— Tu as vu ça ?

J'examinai les clichés d'une Jeep aspirée par des sables mouvants, aux diverses étapes du processus. Sur une photo, la voiture était à moitié enlisée ; sur la suivante, on ne voyait plus que le toit. Un avertissement était placardé à côté. Il enjoignait aux visiteurs de ne jamais s'aventurer dans le canyon sans un guide navajo à cause de redoutables sables mouvants. Seuls des professionnels savaient les détecter.

— Le passager de cette Jeep s'en est tiré ? demanda Bess à la réceptionniste.

Celle-ci fit signe que oui. Bess commenta pendant que nous montions dans un gros véhicule décapotable avec d'autres touristes :

— On ne devrait peut-être pas y aller... C'est trop dangereux !

— Nous n'avons pas d'autre fil conducteur

pour pister Ned et Sasha, plaidai-je. Ne t'inquiète pas, notre guide veillera sur nous.

Elle parut dubitative. Notre véhicule cahotait sur le chemin de terre du canyon. À intervalles réguliers, il traversait des flaques boueuses, faisant jaillir des paquets d'eau. Chaque fois que nous franchissions un ruisseau ou un trou d'eau, Bess était tendue.

George, assise de l'autre côté de moi, se pencha pour me chuchoter :

– Je la comprends. Comment notre guide peut-il repérer les sables mouvants ? Tous ces endroits fangeux sont identiques !

– Peut-être qu'on n'a pas encore rencontré de sables mouvants, dis-je. Va savoir à quoi ils ressemblent...

Notre guide – un homme en jean, chapeau de cow-boy et santiags – stoppa le camion près d'une série d'habitats troglodytes blancs, et nous expliqua qu'il s'agissait d'importants vestiges anasazis, appelés la Maison Blanche.

Nous descendîmes pour visiter les lieux. Il y avait là plusieurs pièces remontant au XIIe siècle, ainsi qu'une chambre cérémonielle souterraine.

– C'est frais, là-dedans ! J'adore ! commenta George en regardant autour d'elle. Les archéologues ont bien raison de juger la civilisation des Anasazis très avancée.

Comme je me tournais vers elle, j'entraperçus un éclat rouge fugitif à travers un bouquet d'arbres, à environ une centaine de mètres de là. J'eus un coup au cœur : était-ce la voiture de M. Littlewolf ?

— George, Bess, venez ! lançai-je à mi-voix. J'ai vu un truc, là-bas. Ce pourrait être la berline.

J'ajoutai en tirant George par la manche :

— Vite, personne ne nous regarde !

Les touristes marchandaient des produits aux femmes navajos avec l'aide du guide. Je me faufilai avec mes amies vers le bouquet d'arbres. Mon cœur battait à tout rompre, et j'espérais de toutes mes forces que je ne partais pas à la chasse au dahu ! Je n'aurais pas supporté une déception.

Parvenue au bord d'un ruisselet, Bess s'exclama tout à coup :

— Hé ! Qu'est-ce que c'est que ça ?

Elle désigna un objet argenté abandonné non loin de là, sourit avec excitation et, faisant quelques pas, se pencha pour le ramasser. Je sursautai en voyant ce qu'elle tenait au creux de la paume.

— Un badge de ranger ! Exactement comme celui de Sasha ! m'écriai-je.

— J'hallucine ! lâcha George.

Mais notre enthousiasme fut de courte durée, car Bess se remit à crier – de peur, cette fois !

– Je m'enfonce ! Au secours, les filles ! Des sables mouvants !

C'était vrai ! Il y avait quelques secondes à peine qu'elle s'était avancée vers le ruisseau, et, déjà, elle était enlisée jusqu'aux genoux.

13. Prisonniers

Malgré sa terreur, Bess eut une réaction pleine de panache : elle lança le badge en terrain ferme.

— Tenez ! Au moins, il ne disparaîtra pas avec moi !

— Il ne t'arrivera rien, déclarai-je en m'approchant d'elle autant que je l'osais. Nous allons te sortir de là !

Sous mes pas, le sol était humide et curieusement élastique. Tout près, épouvantée, Bess luttait pour s'extirper du piège. Elle tendit les bras vers nous et implora :

— Aidez-moi !

— On la saisit chacune par un bras, et on tire ! décidai-je.

Prenant appui sur nos talons, George et moi tirâmes de toutes nos forces. Sans résultat.

— Encore, Nancy ! Avant qu'elle s'enfonce davantage ! souffla George.

Nous tentâmes désespérément d'aider Bess, mais rien n'y fit. La masse noire continuait à l'aspirer, telle une bête affamée.

— Vite ! hurla-t-elle. J'en ai presque jusqu'aux hanches !

George la lâcha :

— Je cours chercher notre guide !

Et elle partit comme une flèche. Un souvenir de lecture jaillit soudain dans ma mémoire.

— Bess, essaie de ne pas paniquer ! dis-je. Écoute, j'ai lu des informations sur les sables mouvants : il faut que tu te mettes sur le dos pour ne pas t'enfoncer davantage.

— Hein ? fit-elle d'un air égaré.

— Dans cette position, tu cesseras de t'enliser, et tes pieds pourront même remonter, insistai-je, luttant pour conserver mon sang-froid.

Il fallait à tout prix que je la convainque, et qu'elle parvienne à se détendre ! Elle regarda avec horreur la surface grise et visqueuse, où crevaient de petites bulles avec des bruits de succion, comme si une créature monstrueuse tapie au fond attendait sa proie. L'odeur qui s'en dégageait était nauséabonde.

— Je ne peux pas, Nancy ! gémit-elle.

— Si, tu peux ! Et tu dois le faire maintenant, Bess ! Avant qu'il soit trop tard !

Elle ferma les yeux, prit une profonde inspiration et souffla :

— OK. Souhaite-moi bonne chance.

Je la tins fermement par les mains tandis qu'elle se renversait peu à peu en arrière. Une expression désespérée passa sur son visage quand son dos entra en contact avec la fange. Un bref instant plus tard, elle était allongée dessus, immobile, et cessait de s'enfoncer. Comme je l'avais prédit, ses pieds se relevèrent à mesure que son poids s'équilibrait à l'horizontale.

— Génial ! lui dis-je d'un ton rassurant. Chapeau, Bess !

La tenant par les mains, penchée par-dessus la bande de sable mouvant qui me séparait d'elle, je commençai à la tirer vers moi malgré la douleur aiguë qui me vrillait le dos. Je devais absolument la ramener sur la terre ferme !

C'était plus facile, maintenant qu'elle était allongée. La boue livra un énorme gargouillis, tel un lavabo bouché se vidant d'un coup, et, soudain, les pieds de Bess se dégagèrent !

— Tu as réussi, Nancy ! s'exclama-t-elle.

Dès qu'elle fut en sécurité, je lâchai ses mains.

— Bravo à toi ! rectifiai-je. Tu as eu du cran !

— George a trouvé le guide, tu crois ?

— J'espère que non, répondis-je.

Comme Bess était sauvée, je n'avais pas très envie de le voir rappliquer ! Cela nous aurait empêchées de partir à la recherche de Sasha et Ned.

George ne tarda pas à reparaître. Elle était seule, heureusement.

— J'ai vu de loin que tu y étais arrivée, Nancy ! Alors, je suis revenue fissa avant d'avoir rejoint le groupe, expliqua-t-elle. Bravo, les filles !

Elle ajouta en étreignant sa cousine :

— Le guide n'a rien remarqué, on a de la veine ! Il y a des touristes qui l'accaparent. Les autres sont remontés dans la camionnette, mais il ne les a pas comptés.

— Tant mieux ! fis-je en essuyant comme je pouvais les vêtements de Bess avec le sweat-shirt que j'avais dans mon sac à dos. Bon, où en étions-nous ? Ah oui ! Voyons un peu ce badge.

Je ramassai l'objet. Il brilla au soleil, et j'eus une sensation bizarre, comme s'il cherchait à communiquer avec moi... Je le retournai, et mon cœur fit un bond : il y avait un morceau de papier glissé sous l'épingle d'attache ! Je le retirai sous le regard attentif de George et de Bess, et l'élevai pour qu'elles puissent le voir aussi bien que moi. Un nom était inscrit dessus au rouge à lèvres : Nigel.

En un éclair, la lumière jaillit dans mon esprit.

— Vous vous souvenez de notre dîner à Moab avec Nigel Brown, le vieil ami de la mère de Sasha ? demandai-je à mes amies.

— Bien sûr ! répondit George. L'archéologue anglais, celui qui s'y connaît en civilisation indienne.

— Oui. C'est sûrement de lui qu'il s'agit ! Nigel, ce n'est pas très courant comme prénom, dans ces parages.

J'examinai mieux le bout de papier. Le «l» final était un peu tremblé, comme si la personne qui avait griffonné ce nom avait été dérangée en l'écrivant.

— Sasha a jeté ce badge exprès pour laisser un indice, déclara Bess. Je parie qu'elle n'est pas loin d'ici !

Nous survolâmes les lieux du regard. Je savais que le canyon De Chelly s'enfonçait loin à l'intérieur des terres, pour ensuite se diviser en deux. Si Ned et Sasha s'y trouvaient, on avait pu les dissimuler dans une infinité de caches ! C'était immense, ici ! Et si reculé et désert que personne ne les entendrait s'ils appelaient au secours !

« Mais, au moins, pensai-je avec espoir, c'est un peu plus frais et plus vert que Canyonlands. » Ils arriveraient peut-être à survivre s'ils n'étaient pas privés de nourriture et d'eau.

– Nigel ! Vous vous rendez compte ! s'exclama George. Qui aurait imaginé ça ? Bon sang, pour quelle raison a-t-il pu enlever Sasha et Ned ?

– Je pense que Sasha l'a surpris en train de commettre un acte illégal, dis-je.

– À Canyonlands ? fit Bess.

Je hochai la tête :

– Il était peut-être en train de voler des objets anasazis dans la grotte où j'ai trouvé la lettre d'Andy Littlewolf.

– Minute, me fit Bess, je ne te suis pas, là ! Pourquoi une lettre à en-tête de M. Littlewolf aurait-elle atterri dans cette caverne ? Qu'est-ce ce que ça a à voir avec le reste ?

Je tirai le feuillet de ma poche et l'étudiai.

– Je suppose que M. Littlewolf a adressé ceci à Nigel, répondis-je. Il se peut qu'Andy

Littlewolf n'ait jamais mis les pieds dans la grotte de Canyonlands. Nigel devait avoir ça sur lui et l'a perdu sans s'en apercevoir pendant qu'il faisait main basse sur ce qu'il avait déniché là-bas.

— Mais enfin, objecta George, M. Littlewolf est forcément mêlé à tout ça d'une manière ou d'une autre ! N'oublie pas qu'on l'a vu au volant de la berline rouge qui emportait Ned !

— C'est vrai, approuva Bess. Il est impliqué jusqu'au cou !

Je relus une fois de plus la lettre, songeuse. Puis je levai les yeux vers mes amies :

— Si c'est bien M. Littlewolf qui a écrit cette lettre à Nigel, pourquoi lui raconte-t-il de la légende des jeunes filles aux épis de maïs ?

— Peut-être qu'ils font équipe, et que Nigel avait besoin de la connaître en détail, suggéra George.

— Une équipe, tu dis ? Et de quoi ? De voleurs, de ravisseurs ? Que veulent-ils ?

— Quelque chose qui est en relation avec les Hopis ? intervint Bess.

Son ingéniosité me frappa. On pourrait croire que Bess ne s'intéresse qu'à la mode, aux pâtisseries et au flirt, pourtant elle fait souvent des observations d'une acuité étonnante, qui ont échappé à tout le monde.

— OK, Bess, fis-je. Mais pourquoi les Hopis, et pas les Navajos? Après tout, M. Littlewolf est un Navajo, et c'est ici, dans le canyon De Chelly, que sont retenus Sasha et Ned. Enfin... ils l'ont été à un moment donné, en tout cas.

Mon amie marqua un moment d'hésitation, comme pour rassembler ses idées. Puis elle raisonna:

— Rappelle-toi que, en tant que Navajo, M. Littlewolf ne se sentait pas à l'aise en territoire hopi, et qu'il recherchait un intermédiaire neutre. Nigel Brown pouvait l'aider à calmer le jeu dans la réserve des Hopis. Alors, ils se sont peut-être associés.

— Je vois très bien pourquoi Andy Littlewolf a pu faire appel à Nigel Brown, Bess. Mais l'inverse? objecta George. En quoi Nigel aurait-il besoin d'Andy? Tirerait-il profit de cette association?

— Et qu'est-ce que Ned vient faire là-dedans? enchaînai-je.

— Il a peut-être découvert un de leurs secrets, supposa Bess.

Un instant, on réfléchit en silence, examinant les diverses possibilités. Cependant nous ne pouvions pas perdre notre temps à échafauder des théories. Nous devions retrouver Ned et Sasha!

Mon regard se porta vers les falaises, à notre droite. La paroi rocheuse était entrecoupée d'étroites fissures. Si on n'était pas attentif, on pouvait croire que c'étaient des ombres. Je désignai l'à-pic à mes amies et leur dis :

— Vous voyez ces cavités ? À la place de Nigel et Andy, je penserais que ce sont d'excellentes planques.

— Ta théorie n'est pas aussi improbable qu'elle en a l'air, approuva George. Après tout, le badge de Sasha était à proximité. Si on allait voir ça de plus près ?

— N'oublie pas l'éclat rouge que j'ai entraperçu tout à l'heure, glissai-je. Je mettrais ma main au feu que c'était la berline.

Pendant que nous marchions vers la falaise, j'examinai des traces de boue séchée sur notre chemin :

— Regardez, les filles ! Des empreintes de pas, grandes et petites.

— Celles de Sasha, tu crois ? demanda George.

— Possible !

Nous atteignîmes rapidement le premier à-pic, celui qui offrait le plus de crevasses. J'eus un accès de découragement, en levant les yeux. Il y en avait tellement ! Je ne savais absolument pas par où commencer nos explorations, nous n'avions aucun indice !

En désespoir de cause, je hurlai le nom de Ned, puis celui de Sasha. George et Bess m'imitèrent, et nos voix se répercutèrent en écho à travers le canyon.

Tout à coup, à notre grand étonnement, nous entendîmes une réponse, et nous nous saisîmes par le bras avec excitation. Là, il ne s'agissait pas d'un écho ! Ned et Sasha nous appelaient depuis une faille à notre droite !

– Par là ! m'écriai-je.

Grimpant à la queue leu leu, nous crapahutâmes vers le haut, franchissant un rocher après l'autre comme des bouquetins. Non loin de la caverne, nous fîmes une brève halte pour reprendre notre souffle. C'est alors que je repérai la berline rouge. Garée en contrebas, à demi dissimulée par un carré de broussailles, elle évoquait un animal tapi, vaguement sinistre et menaçant. Rien ne bougeait alentour.

– Attention ! lança George, pointant son doigt vers la gauche.

Un gros rocher était perché en équilibre instable au-dessus de la crevasse, comme prêt à basculer au moindre coup de vent pour en obturer l'entrée.

– Venez, murmurai-je à mes amies.

Nous nous faufilâmes avec précaution à l'intérieur. Il y faisait sombre : j'avais du mal à distinguer quoi que ce soit. Mais je pouvais entendre, et je reconnus la voix familière de Ned :

— Nancy ! Tu nous as retrouvés ! C'est dingue !

— Bess et George sont là aussi ! ajouta la voix de Sasha. Vous êtes stupéfiantes, les filles !

Au bout d'un instant, mes yeux s'adaptèrent à l'obscurité, et j'aperçus Ned et Sasha, assis sur le sol, les jambes enchaînées à une barre de fer fixée au mur. Je me précipitai pour les étreindre, imitée par mes amies.

« Holà ! Je rêve, ou quoi ? pensai-je en plissant les paupières. Je vois bien *trois* prisonniers ? » Au fond de la grotte, je vis Andy Littlewolf, enchaîné à la même barre de fer.

Comme j'allais lui adresser la parole, son regard se porta soudain derrière moi. Je sentis un picotement d'alerte sur ma peau.

Des pas craquèrent près de l'entrée. Quelqu'un arrivait ! Faisant volte-face, je vis se découper sur le fond bleu du ciel une haute silhouette menaçante. Puis une voix sarcastique à l'accent anglais laissa tomber :

— Tiens, tiens… Comme on se retrouve !

14. Vol d'antiquités

Un silence de plomb s'abattit sur la caverne. On aurait entendu une mouche voler. Dans la semi-obscurité, je discernais à peine les visages tendus de Bess et de George. Mais je savais ce qu'elles pensaient : « Comment va-t-on se tirer de ce traquenard ? »

Une lampe à pétrole s'alluma soudain, éclairant les lieux. Je vis Nigel Brown s'accroupir près de son sac à dos. Andy Littlewolf le foudroya d'un regard plein de mépris.

– Voleur ! cria-t-il. Tu m'as roulé !

– La ferme, Littlewolf ! bougonna Nigel d'un ton excédé. J'en ai assez de tes lamentations. Heureusement, je m'envole aujourd'hui pour l'Angleterre !

— Tu as intérêt à nous libérer d'abord, dit le Navajo. Tu l'as promis.

— Les promesses ne sont pas faites pour être tenues, déclara cyniquement Nigel. Mais avant de vous emmurer dans cette grotte je vais vous prouver que ça en valait la peine !

Il retira de son sac à dos un amas de journaux, qu'il déplia amoureusement pour révéler une belle poterie en céramique d'une vingtaine de centimètres de diamètre.

— Vous distinguez bien la décoration ? demanda-t-il.

J'avançai un peu, curieuse de voir de plus près. George m'imita, intriguée elle aussi. Sur un côté du récipient, sous un motif géométrique, était représentée une jeune fille aux épis de maïs, semblable à la kachina de la réserve hopie.

— Faites attention, nous dit Sasha, il a un couteau.

Comme nous reculions légèrement, Nigel fit pivoter la poterie pour montrer l'autre face, où figurait un coyote.

— C'est une pièce d'une très grande rareté, commenta-t-il. Elle est intacte et, en plus, elle établit un lien entre les cultures hopie et anasazie, à travers ce mythe commun. Ma galerie de Londres sera célèbre ! Elle deviendra la vitrine privilégiée de l'art indien précolombien hors des États-Unis.

— Tu as volé ce vase ! s'exclama avec amertume Andy Littlewolf. Et tu m'as obligé à maquiller ton vol en acquisition légale !

Nigel ricana :

— À quoi ça aurait servi que ce vase croupisse dans une caverne ? Mieux vaut faire connaître au monde entier les chefs-d'œuvre des Anasazis.

— Tu n'as aucun droit de t'en emparer, protesta Andy. Tu l'as trouvé en territoire hopi. Il appartient aux Indiens, pas à toi !

— Sauf que vous êtes les seuls à le savoir, et vous allez crever dans cette grotte ! En partant d'ici, je n'aurai qu'à pousser le rocher qui est au-dessus de l'entrée, la gravité fera le reste.

— Si vous nous emmurez dans cette grotte, vous serez un meurtrier ! dit Sasha.

— Voleur, meurtrier… quelle importance ? Ce qui compte, c'est qu'on n'en sache rien, répliqua Nigel Brown.

— Comment pouvez-vous faire une chose pareille ? gémit Sasha. Vous êtes un vieil ami de ma mère !

— N'essaie pas de me culpabiliser, Sasha. Ta

mère est adorable, mais je n'ai aucune envie de finir en prison. Cette affaire m'a un peu échappé, et trop de gens sont au courant, maintenant. D'ailleurs, c'est ta faute, ma petite ! C'est toi qui m'as pris sur le fait à Canyonlands.

Je ne pus en supporter davantage. C'était trop révoltant d'entendre Nigel Brown justifier ses crimes. Même si j'étais curieuse de connaître les détails de l'affaire – de savoir, par exemple, ce qui reliait Andy et Nigel, et pourquoi Ned avait été enlevé –, il me fallait agir. Le temps pressait !

Nigel, toujours planté devant l'entrée et nous barrant toute issue, remballait son vase. Il allait sortir d'une minute à l'autre ! Nous emmurer !

Rapidement, je parcourus les lieux du regard : y avait-il ici quelque chose qui pouvait me servir d'arme ? Je ne vis rien qu'un caillou de la taille de mon poing, à terre entre Nigel et George. De toute façon, même si j'avais été armée, cela n'aurait pas servi à grand-chose : Nigel bloquait la sortie et, à la moindre alerte, il n'aurait qu'à s'élancer dehors et à sceller la caverne.

Je réfléchissais à toute vitesse. Je n'avais pas les moyens de le combattre physiquement, mais je pouvais peut-être me montrer plus futée que lui ? Il y avait une chose que je ne comprenais pas : la raison pour laquelle Andy avait raconté dans sa lettre la légende des jeunes filles aux épis de maïs à Nigel. En revanche, j'étais sûre que c'était important pour ce dernier. Sinon, il n'aurait pas eu ce courrier sur lui à Canyonlands, et il n'aurait pas été si fasciné par la poterie volée. Je me remémorai les faits légendaires... La bienveillante Épis-Bleus était transformée en coyote, et la perfide Épis-Jaunes, en serpent...

Aussi calmement que je pus, je m'adressai à Nigel :

— J'ai lu la légende des jeunes filles aux épis de maïs, monsieur Brown. Elle est passionnante.

Il leva les yeux et dit :

— De quelle légende parles-tu, Nancy ? Il y en existe plusieurs à leur sujet, tu sais.

— Elle s'appelle « La vengeance de la jeune fille aux épis de maïs bleus », je crois, continuai-je. Épis-Bleus est métamorphosée en coyote, et Épis-Jaunes, en serpent, à la suite d'une ruse.

— Ah, la ruse ! Admirable qualité, déclara Nigel, regardant avec jubilation Andy Littlewolf.

Je m'empressai d'enchaîner, pour ne pas le laisser détourner son attention :

— Je suppose que votre vase représente Épis-Bleus, puisqu'elle a été transformée en coyote. Alors, un vase qui représenterait Épis-Jaunes et un serpent serait le pendant parfait du vôtre, non ?

Son regard brilla de convoitise :

— Certes ! Seulement je doute qu'un autre exemplaire aussi rare puisse exister.

— Oh si, il existe ! affirmai-je.

J'avais peine à croire qu'un homme aussi intelligent que lui fût appâté par mon boniment. Sans doute son esprit était-il affaibli par autant de trahisons et de mensonges...

— Juste avant votre arrivée, j'ai trouvé un vase qui correspond à cette description. Il a à peu près la même taille que le vôtre.

— Impossible ! ricana-t-il.

— Mais vrai ! répliquai-je. Les Anasazis ont vécu ici, non ? Alors, pourquoi n'auraient-ils pas réalisé une poterie semblable ? Après tout, ils ont fait celle que vous détenez ! D'ailleurs, vous n'avez qu'à regarder. Je l'ai dans mon sac à dos.

Une lueur avide s'alluma dans son regard, et je vis que je l'avais ferré. Retenant mon souffle, je le regardai approcher, dépasser George et Bess... Cherchant à gagner du temps, je fouillai dans mon sac, faisant mine de vouloir sortir la poterie.

Fasciné, il s'agenouilla près de moi.

Je lançai à George un regard éloquent, lui indiquant d'un signe imperceptible le caillou gisant à terre. Son visage s'éclaira. Elle avait compris !

— Tenez, monsieur Brown, vous allez juger par vous-même, prétendis-je en remuant les mains dans mon sac.

— Je n'arrive pas à croire que tu aies déniché une pièce pareille ! C'est une trouvaille inouïe ! dit-il, se penchant pour voir.

La pierre en main, George s'immobilisa derrière lui le temps d'ajuster son coup. Je retins mon souffle, espérant qu'il ne se douterait de rien. S'il perçait ma ruse, s'il se retournait, nous serions fichus !

George brandit le gros caillou, s'apprêtant à nous sauver d'un sort fatal. D'un mouvement vif, elle abattit la pierre sur le crâne de Nigel. Il s'effondra au sol, inconscient.

— Je n'ai pas frappé trop fort, je ne voulais pas le blesser grièvement. Alors, il va revenir à lui d'un moment à l'autre, dit George avec anxiété.

En effet, il commençait déjà à remuer et à gémir.

— Nancy, les clefs ! Dans sa poche ! me cria Ned. Délivre-nous, on va l'enchaîner à notre place ! Vite !

Je me hâtai de m'exécuter. Lorsque Nigel reprit conscience, il se retrouva enchaîné à la barre de fer. Une expression de surprise inonda son visage quand il découvrit ses prisonniers debout devant lui, libres.

— Ainsi, c'est la revanche, Nancy Drew..., murmura-t-il.

Il se remit sur ses pieds en chancelant et s'adossa au mur. Il était pâle. Il porta la main à l'arrière de son crâne et grimaça de douleur.

— Tu m'as bien eu, Nancy, je dois le reconnaître. Pourtant, il n'est pas facile de duper Nigel Brown, crois-moi.

— J'imagine que c'est vous qui manipulez les gens, d'habitude, à en juger par les propos de M. Littlewolf! rétorquai-je. Vous allez peut-être consentir à nous éclairer sur vos relations, maintenant. Vous faisiez équipe avec lui, et vous l'avez roulé, c'est ça?

— Nous n'avons jamais été complices, Nancy! s'exclama Andy Littlewolf, choqué. Je ne suis pas un voleur! Il m'a *contraint* à signer certains papiers.

— Des papiers? fis-je. Lesquels?

— Je vois que tu ne sais pas tout, Nancy, intervint Nigel. Je vais t'expliquer. Comme tu l'as compris, je recherchais des éléments communs entre la culture des Hopis et celle des

Anasazis. Je me suis pris de fascination pour les légendes des Hopis, et leurs éventuelles origines anasazies. Alors, lorsque j'ai trouvé ce vase dans la grotte de Canyonlands, j'ai pensé qu'il représentait la légende dont tu as parlé. Je voulais l'emporter pour l'exposer dans ma galerie d'art. Mais il me fallait des papiers prouvant qu'il m'appartenait. C'est là que M. Littlewolf est entré en scène.

Il adressa un regard railleur au Navajo. George s'exclama :

— Alors, vous étiez bel et bien complices !

— Jamais de la vie ! explosa Andy Littlewolf.

— D'une certaine manière, nous formions une équipe, continua Nigel. Nous avions fait connaissance à Moab parce que nous partagions le même intérêt pour les légendes des Indiens et leurs antiquités. Quand j'ai trouvé le vase à Canyonlands, je n'avais aucun moyen de le faire sortir du pays. En revenant à Moab, j'ai demandé à Andy s'il connaissait un mythe où il était question d'une jeune fille aux épis de maïs et d'un coyote. Il m'a adressé une lettre racontant la légende. Je suis donc retourné dans la grotte : je réalisais que j'avais fait une découverte rare et importante. En emportant le vase, j'ai laissé tomber la lettre par inadvertance. Heureusement, j'avais déchiré la partie portant mon nom, par précaution. Personne ne pouvait me relier au vol, s'il venait à être découvert.

– Nous ne savons toujours pas pourquoi vous avez emprisonné M. Littlewolf, glissa Bess.

– Patience ! Chaque chose en son temps ! Lorsque Andy est allé dans la réserve des Hopis afin de s'approvisionner pour sa boutique, il m'a demandé de lui servir de négociateur parce qu'il se trouverait en territoire hostile. Bien entendu, après lui avoir rendu ce service, j'ai estimé qu'il m'en devait bien un en retour.

– Alors, déduisis-je, vous lui avez fait rédiger une lettre attestant que le vase lui avait appartenu et qu'il vous l'avait revendu.

Nigel me regarda d'un air impressionné :

– Bravo, Nancy ! Je vois que tu commences à comprendre. En effet, j'ai sollicité une attestation de ce genre. Mais il a eu le culot de refuser ! s'échauffa-t-il, décochant un regard mauvais à Andy Littlewolf.

– Du coup, vous vous êtes disputés dans le village hopi, devinai-je. Ned a tout entendu, donc, vous l'avez enlevé.

– Andy s'est comporté comme une tête de mule, déclara Nigel. Comme il ne voulait pas me délivrer cette attestation, j'ai décidé de l'attirer ici par ruse et de le contraindre à l'écrire en menaçant de malmener Sasha. Ned m'a épargné cette peine.

– Quoi ? Vous l'avez enlevé pour faire chanter M. Littlewolf ?

– Il nous espionnait, non ? répliqua Nigel comme si Ned était le fautif dans toute cette affaire. De toute façon, il fallait que je le réduise au silence à cause de ça. Mais il m'a aussi servi à forcer la main à Andy.

– Nigel m'a ordonné de monter en voiture sous la menace d'un couteau, intervint Ned. Il a obligé M. Littlewolf à prendre le volant en lui disant que, s'il n'obéissait pas, il me transpercerait avec. Il nous a conduits ici, où il avait déjà amené Sasha.

– C'est ça, confirma Andy Littlewolf. Comme Sasha et Ned étaient à sa merci, j'ai consenti à rédiger le papier qu'il demandait. Seulement, il était trop tard. On savait trop de choses compromettantes à son sujet, il a refusé de nous laisser repartir.

– Il avait son attestation, donc vous ne lui serviez plus à rien. Alors, il a décidé de vous supprimer, s'indigna Bess. Quel salaud !

« Ce type est écœurant ! » pensai-je. Dire que Nigel avait voulu sacrifier la vie de plusieurs personnes dans le seul but de devenir un galeriste renommé ! Et Sasha était la fille d'une de ses plus vieilles amies, en plus ! J'étais révoltée et en colère, mais je me gardai de le laisser paraître. Il me fallait d'abord apprendre tout ce que je désirais savoir.

— Si on parlait un peu du canot pneumatique, repris-je. C'est vous qui avez glissé un canif dedans, hein ?

— Bien sûr, fit-il avec morgue. J'étais en train de discuter avec Andy chez Littlewolf's Antiques quand Paul Starflower a téléphoné et lui a appris, entre autres, que vous partiez faire du rafting. J'ai tout entendu sur son deuxième poste. Tu comprends, Nancy, je savais que tu étais sur l'affaire. Paul et Kate me l'avaient dit juste avant le dîner que nous avons partagé à Moab.

— Et vous vous êtes faufilé hors de la boutique pour aller saboter le raft ? demanda George.

— Disons que j'ai saisi l'occasion. J'aurais été idiot de la manquer ! River Outfitters n'était qu'à quelques mètres de là, au bas de la rue, et ils avaient déjà arrimé le canot sur leur remorque. Comme vous étiez dans la boutique avec le guide, je suis passé à l'action, voilà tout. J'avais de l'adhésif jaune sur moi, car j'avais réparé mon propre canot dans la matinée. Je voulais me débarrasser de toi, Nancy. J'étais sûr que tu retrouverais Sasha tôt ou tard, et que tu me démasquerais.

— Sur ce point, vous avez vu juste ! riposta Ned. Mais pourquoi nous avez-vous amenés ici ? Pourquoi pas dans la grotte où vous avez surpris Sasha ?

— Parce que je savais bien qu'on la rechercherait à Canyonlands, pardi ! Je l'ai poussée dans ma Jeep dissimulée au sommet de la colline, et j'ai gagné le canyon De Chelly. J'avais repéré cette grotte-ci voici plusieurs semaines, en cherchant des vestiges anciens. C'était l'endroit parfait pour cacher un otage. Cette caverne, qui avait dû abriter des animaux, était inoccupée depuis des années, de toute évidence.

— Mais enfin, m'écriai-je, Sasha est la fille de vos amis ! Vous n'avez donc aucune loyauté ?

— Bien sûr que si, j'en ai. Tu t'imagines que j'ai le cœur sec à ce point-là, Nancy ? J'avais l'intention de dire à Paul et à Kate où elle était après avoir quitté le pays. Ils n'auraient pas lancé de poursuites contre moi, trop heureux de l'avoir retrouvée. Et j'étais prêt à sacrifier notre amitié pour avoir le vase. La donne a changé quand Ned et Andy ont été mêlés à l'affaire. Je ne pouvais pas les libérer sans mettre ma propre liberté en danger. Il y avait trop de témoins, voilà tout.

— Pourquoi êtes-vous resté ici, alors ? Vous l'aviez, votre attestation ! fis-je.

— Pour visiter une dernière fois cette grotte et voir si j'y trouvais des objets de valeur. Tu as déjoué mes projets, Nancy ! Je devrais être à l'aéroport, maintenant.

Il me fusilla d'un regard glacial et, malgré la chaleur ambiante, j'eus le frisson à l'idée du sort qu'il avait voulu nous réserver ! Heureusement, nous étions sains et saufs !

Une fois que la police eut arrêté Nigel, nous rentrâmes à Moab. Les Starflower, fous de joie de retrouver leur fille, furent horrifiés par les crimes de leur vieil ami. Mme Starflower n'arrivait pas à croire que Nigel ait pu commettre ces actes affreux, et qu'elle ait si longtemps ignoré sa véritable personnalité.

— J'ai toujours su qu'il était ambitieux, dit-elle. Mais jamais je n'aurais imaginé qu'il pourrait aller si loin ! Quelle duplicité !

Margaret et Missy se montrèrent presque indifférentes au retour de Sasha – sauf lorsque Missy dut rendre la bague… Nick, en revanche, était très ému de revoir Sasha. Et le plus curieux, c'est que Sasha aussi avait l'air heureuse de le retrouver. Dès le premier soir, en les voyant attablés ensemble à la « Tortilla qui rit », je devinai qu'ils tenaient réellement l'un à l'autre. Nick avait juste besoin d'être rassuré sur les sentiments de Sasha à son égard et d'apprendre à garder son sang-froid. Voilà tout.

Bess, George, Ned et moi étions installés à une autre table, avec Paul et Kate Starflower. Les parents de Sasha furent adorables avec moi, et me remercièrent mille fois de m'être donné tant de peine.

Pour ma part, je n'ai pas du tout le sentiment de travailler lorsque j'enquête ! Je trouve excitant d'être détective, au contraire ! Chaque affaire à résoudre est synonyme d'aventure. À l'instar, par exemple, de la randonnée à vélo que nous devions entreprendre le lendemain, mes amis et moi.

— Si quelqu'un entend un bruit bizarre sur la piste, demain, lança Ned, il est prié de ne pas aller voir ce que c'est !

— Pourquoi on le ferait ? fit George. Nancy s'en chargera très bien ! Elle adore les mystères.

— Hé, ho ! protestai-je en souriant. J'aimerais me reposer un peu !

Bess leva son verre comme pour porter un toast.

– À d'autres ! commenta-t-elle. On te connaît, va... Tu ne résisteras jamais à la tentation ! C'est plus fort que toi !

FIN

Nancy Drew Détective

1. Vol sans effraction
2. Seule face au danger
3. Un piège pour Leslie
4. Danger en plein ciel
5. Action !
6. Disparitions en plein désert

Impression réalisée sur CAMERON par

CPI
Brodard & Taupin

La Flèche
en janvier 2007

Imprimé en France
N° d'impression : 39673

Les Enquêtes de Nancy Drew
... aussi en jeu vidéo !

Jeu d'Enquête
N°1
aux USA

Plus de 3 millions d'exemplaires vendus

Deviens Nancy Drew
et revis ses enquêtes captivantes
dans des jeux vidéos
palpitants et fascinants !

Retrouve le Club des Fans sur :
www.nancydrew.fr

www.microapp.com

Her Interactive

Micro Application